# 今日大吉 诸事不宜

## 生活太复杂，不如画画它

［英］露比·艾略特 著
敬雁飞 译

南海出版公司

新经典文化股份有限公司
www.readinglife.com
出　品

献给妮娜、哈里、米兰达

(没问题吧……)

献给我的爸爸妈妈，你们是我最熟悉的亲人，尽管有些事不可避免，但还是要感谢你们让家里充满了欢声笑语。没错，有时候会有些疯狂，但我们之间有满满的爱意。另外，我还想感谢你们买了那么多笔。我可以用它们来表达情绪。我猜，你们现在的心情应该没有那么坏了吧。

另外，还要将本书献给山姆，我们都很想念你。

# 目录



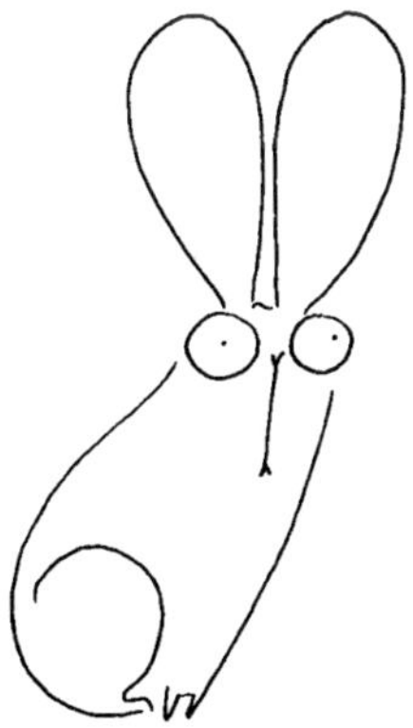

# 前 言

你好啊，我叫露比，说到这儿，我开始担心接下来该说什么了。向你们多透露点儿情况吧，我有几个别的名号。

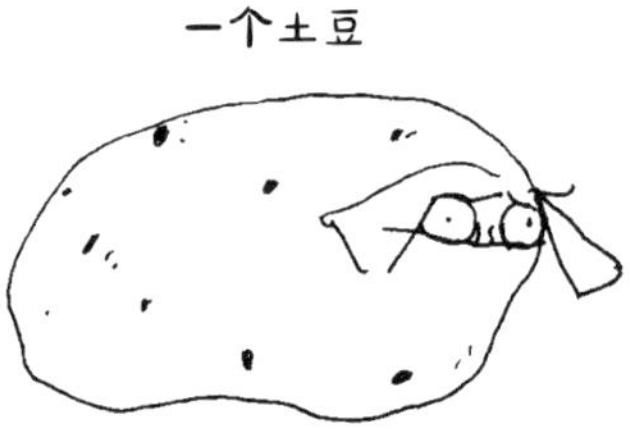


没错，正如你所见，我是多种灾难的集合体。我出这本书，主要是想描绘我脑子里面想的各种东西，以及在我脑子外面发生的各种事情，还有这些玩意儿是怎么稀奇古怪地搅和在一起，从而令人困扰的。这些画是关于我自己的，但我希望其中一些画也能让你们产生共鸣。如果不能，那也没关系，至少你能拿这本书当个正方形豪华杯垫之类的。皆大欢喜。

# 今日大吉，
# 诸事不宜

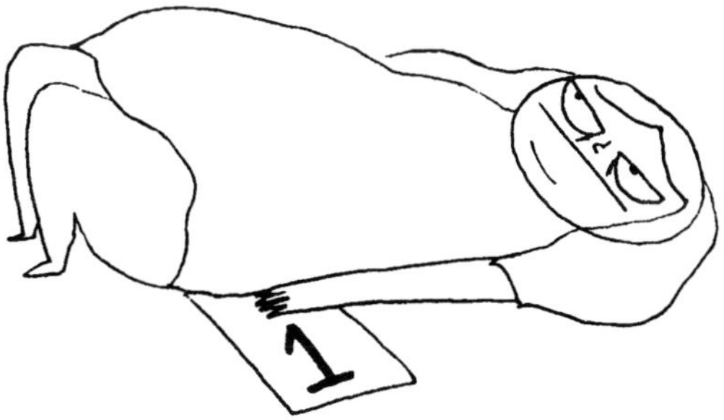

早上八点我就开始难过了……

我是说七年前某天的早上八点。

我坐在床边的地板上，等着时间白白过去。百叶窗是关着的，因为我受不了光，受不了光亮会让人产生想去外面说说笑笑，给人生找些乐子的感觉。我做的上一件事是匍匐在地，像只鼻涕虫似的爬进厨房，把袋子里的白糖撒到一块放了很久的面包上，然后站在墙角猛塞进嘴里，假装自己是盘按了快进键的录像带。要是我活得毫无真实感，又何必费心让自己吃得有真实感呢？我身上的睡衣已经好几年、好几个世纪没换过了，好吧，其实只有几个星期，但它肮脏和陈旧的程度大概足以加个玻璃罩，放在博物馆里供人参观。我想象解说员在一群礼貌地拍了拍照片，实际上一头雾水的游客面前，指着这件衣服上几块早已无法辨识的污渍（鼻涕、眼泪和罐头汤的混合物）说：“现在大家看到的，是一套见证了一段长达四年的抑郁期的衣服。”旁边还可以摆一块小牌匾，再开家卖明信片的礼品店，卖的其实是撕成明信片大小的旧比萨盒子，上面满是用蜡笔胡乱写下的“我呸”。

我第一次患上重度抑郁症是在十六岁的时候。那时我已经被进食障碍折磨了好几年，相当悲惨，经常住院。但抑郁症不一样，它就像一个又疯又傻的人一边狞笑一边开着蒸汽压路机破门而入，把我的整个人生碾平，只留下一片凄惨的虚无。我并不是不在乎自己的生活，而是没有能力在乎它了。我的大脑长期处于过度警觉的状态，这下直接宕了机，只留下一句“受不了了，现在你的任务就是一动不动地躺在沙发上专心蒸发，你这个没用的白痴”。我照做了。

一个月又一个月过去，我整日整夜地蜷缩在我爸妈的沙发上，用遍了各种不舒服的姿势，把一张沙发垫坐出了小小的屁股印儿。别的沙发垫都被我压瘪了，它们看上去和我的内心一样泄气又难过。你知道吗？那可糟透了，很长一段时间都是这样。没有人希望凌晨三点半躺在沙发上，看着同一个磨脚皮器广告连续播放十五遍，直到你能一字不漏地背下来，只因为你没有力气换台。没有人希望永远处在情绪爆发、想要痛哭的边缘。想痛哭是因为他们面临着这样的现实：人生只是徒劳，一切毫无意义。没有人希望最后被送进精神科病房，探望者一边让他们从一到十给自己的心情打分，一边把他们脚上的鞋带抽走，放到他们接触不到的地方。但这些事情就发生在我身上，因为我得了抑郁症。

蜷居沙发的那几个月里，我的狗是第一个成功把我弄出门的角色。我是说，在我丧失生活能力最严重的那段日子里，世上大概只有两件事能让我出门。第一件是我独自在家时，意识到卫生纸用完了（不管情绪多么低落，人终归还是要撒尿的）；第二件就是我的汪星人伙伴需要出门遛遛。十六岁时，我极度缺乏安全感，对别人看待自己的眼光充满了被害妄想，但给狗套上项圈，看它在我脚边一路蹦蹦跳跳，在树下撒尿，能让我暂时忘掉那些压在头顶的使人崩溃的消极念头。它就像一张会动的安心毯，更棒更好玩的是它还会汪汪叫。它善意地提醒着我，仅仅“存在”于世上也是可以的。所以，有小动物陪伴是件很美妙的事，尤其是当你感觉糟透了的时候，你会发现它们丝毫不为“存在”这种问题困扰，始终对自己找乐子的能力坚信不疑（哪怕它们找的乐子是在狐狸的粪便里打滚）。当我处于低谷，无法关爱自己、善待自己的时候，我把所有关爱和善意都给了它。通过爱这团非常简单、非常愚蠢，但快活得难以置信的毛球，我才能在毫无意义的生活中找到那么一丁点意义。

有时你就是需要这样一个存在，不管它是条狗，是只猫，是条花哨的蜥蜴，又或者是什么完全不同的东西，当你的情况一塌糊涂的时候，它总能给你一些情绪上的抚慰——它会成为狂暴无比的风雨中一个小小的却十分重要的港湾。

噢，一切都是垃圾。

保持心态轻松，
你就会更加快乐！！
如何缓解你的
抑郁症

噢！全都是胡言乱语！！

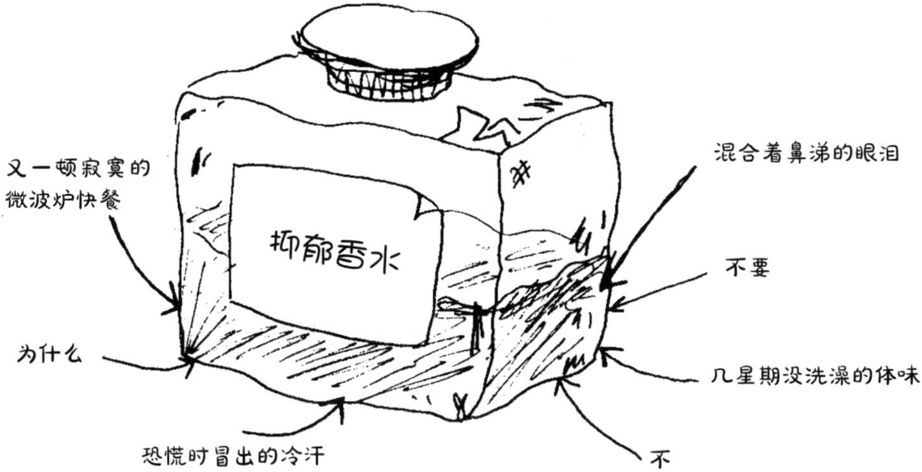
抑郁香水
又一顿寂寞的
微波炉快餐
为什么
恐慌时冒出的冷汗
混合着鼻涕的眼泪
不要
几星期没洗澡的体味
不

走着，走着
溜达着，溜达着
突然想到这一切
都没什么意义，
我们不过是时间
长河中的小水花，
逃避着不可避免
的死亡。

但是，好吧
溜达，溜达
走啊，走啊

今天我觉得自己像一颗
非常糟糕的卵石。

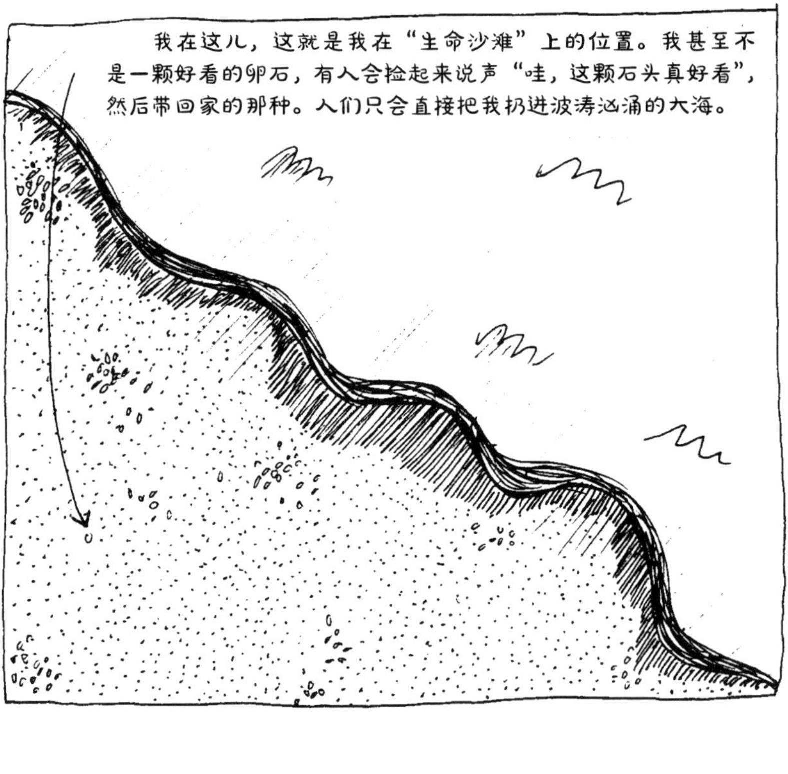

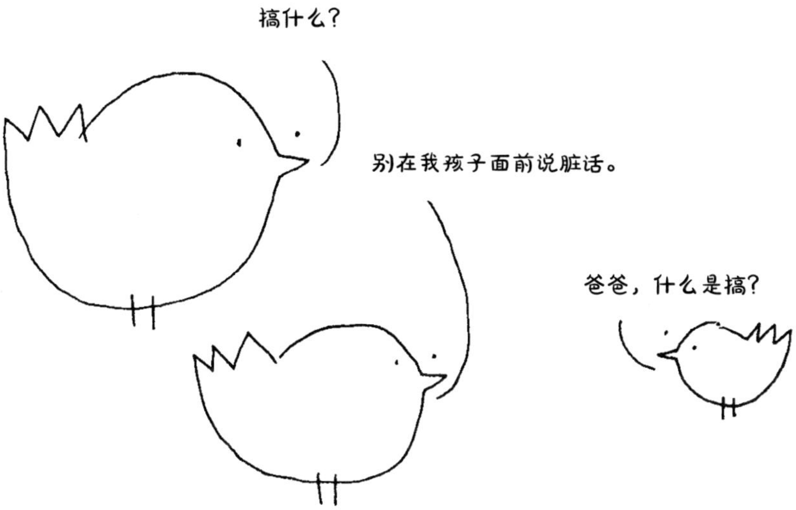
搞什么？
别在我孩子面前说脏话。
爸爸，什么是搞？

## 情绪冰沙的<br>制作方法

配料：

几坨成分不明
但很沉重的悲伤。

一大锅恐惧和困惑（为什么是一锅，没人知道，这也是困惑的一部分）。

一袋混合着焦虑的兴奋感，
从侧面把它撕个大口子，
里边的东西撒得到处都是。

一罐精疲力竭的眼泪。

用一把奇怪的勺子量出来的孤单，人人都有这种勺子，它和其他餐具无法配套。

微微一丝不确定的快乐与希望（或者任何你能承受的分量）。

做法：

把配料塞进搅拌机。

搅拌到变成古怪的糊状物为止。你要的是一种会黏在喉咙里，让你微微感到窒息的质地。

倒进玻璃杯，为了好看，加一把那种愚蠢的小伞。

慢用！

## 我没想听的

我最后说一遍，这些不是眼泪，
只是碰巧从我眼里滚到脸上的
亮晶晶的珠子。

等待空虚感。
嘿，瞧啊，
它来了。

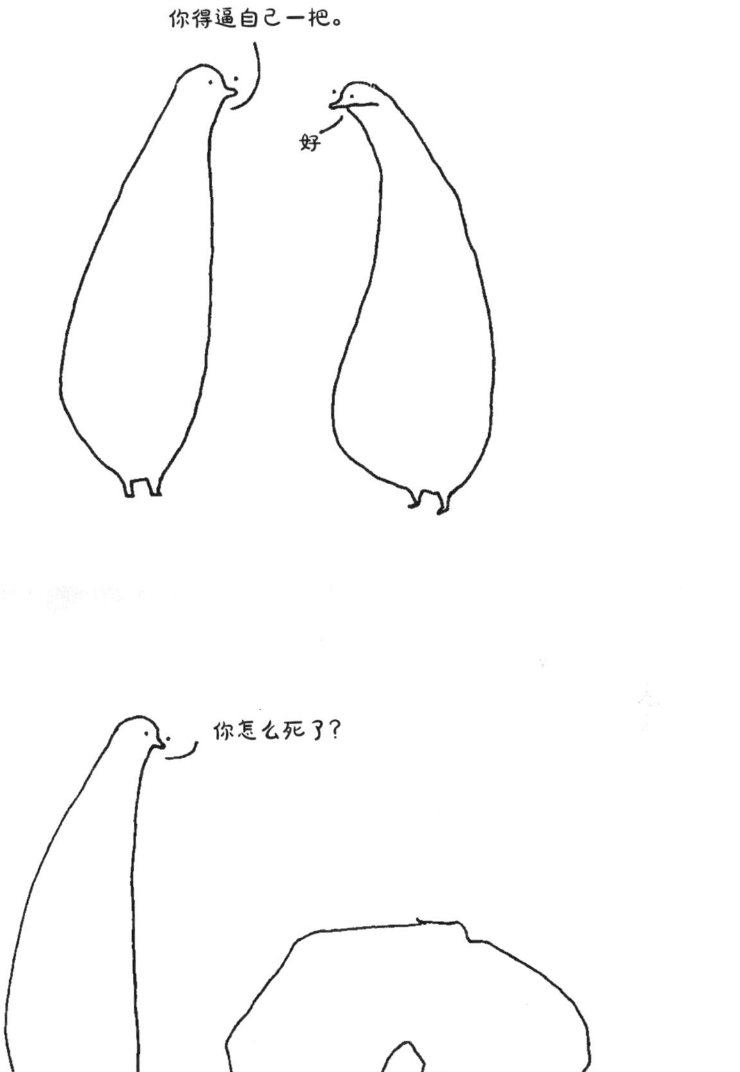
你得逼自己一把。
好
你怎么死了？

别耷拉着眉毛
一边嘴角翘起来
出门去
吓唬人呀

# 我的人生原声带

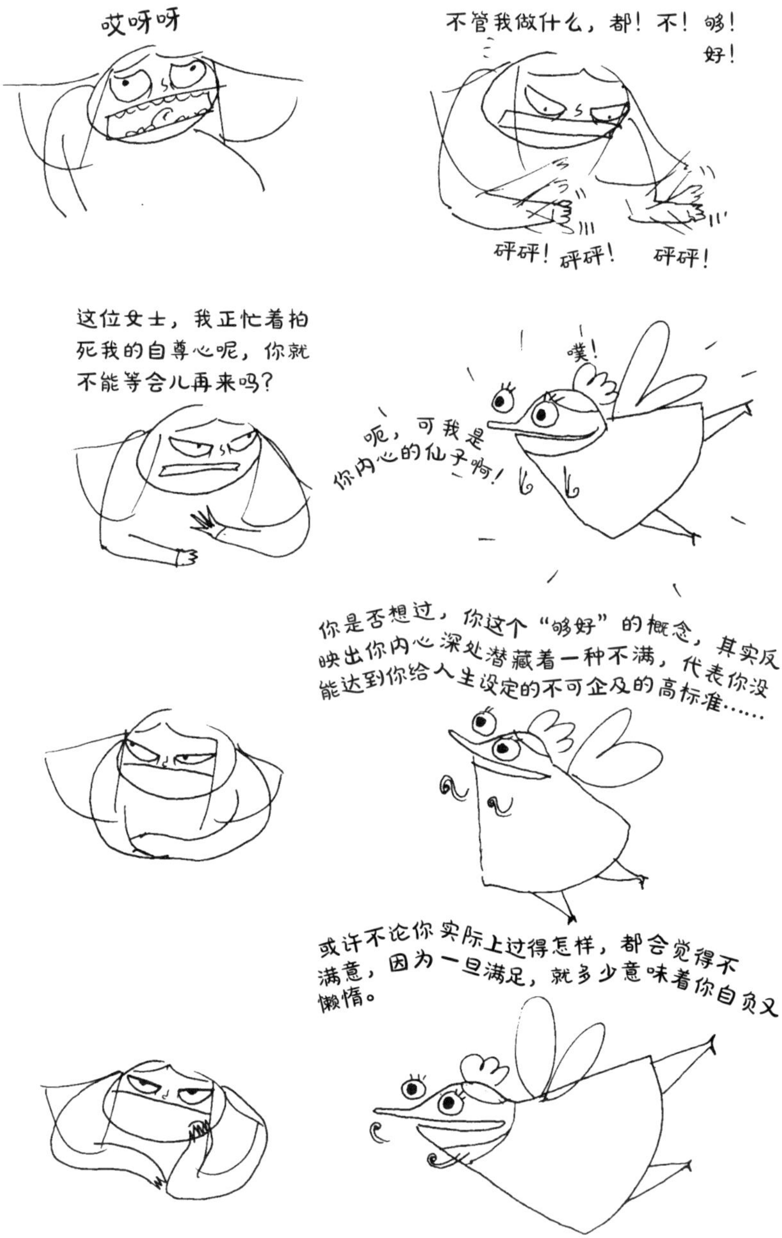
哎呀呀
不管我做什么，都！不！够！好！
砰砰！砰砰！砰砰！
这位女士，我正忙着拍死我的自尊心呢，你就不能等会儿再来吗？
噗！
呃，可我是你内心的仙子啊！
你是否想过，你这个“够好”的概念，其实反映出你内心深处潜藏着一种不满，代表你没能达到你给人生设定的不可企及的高标准……
或许不论你实际上过得怎样，都会觉得不满意，因为一旦满足，就多少意味着你自负又懒惰。

我认为你根本就不知道什么才是“够好”。我认为你太看不起自己，扭曲了对“成就”的概念，以至于甘愿维持一种从轻微不满到中度不满的状态，因为这样一来，你至少还能假装清楚目前的状况。

我准备躺下了，到时
请喊几声“不要”来叫醒我。

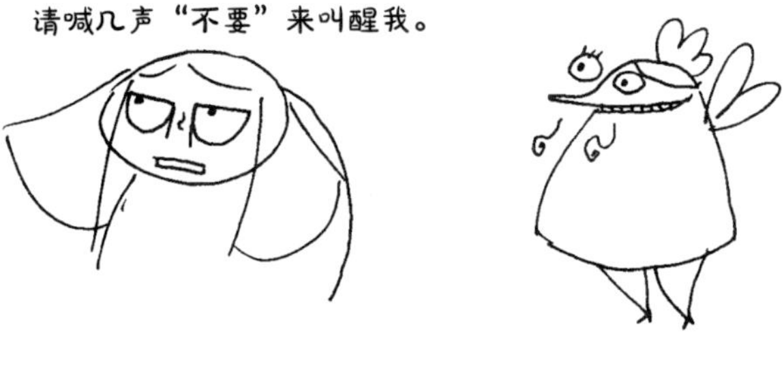

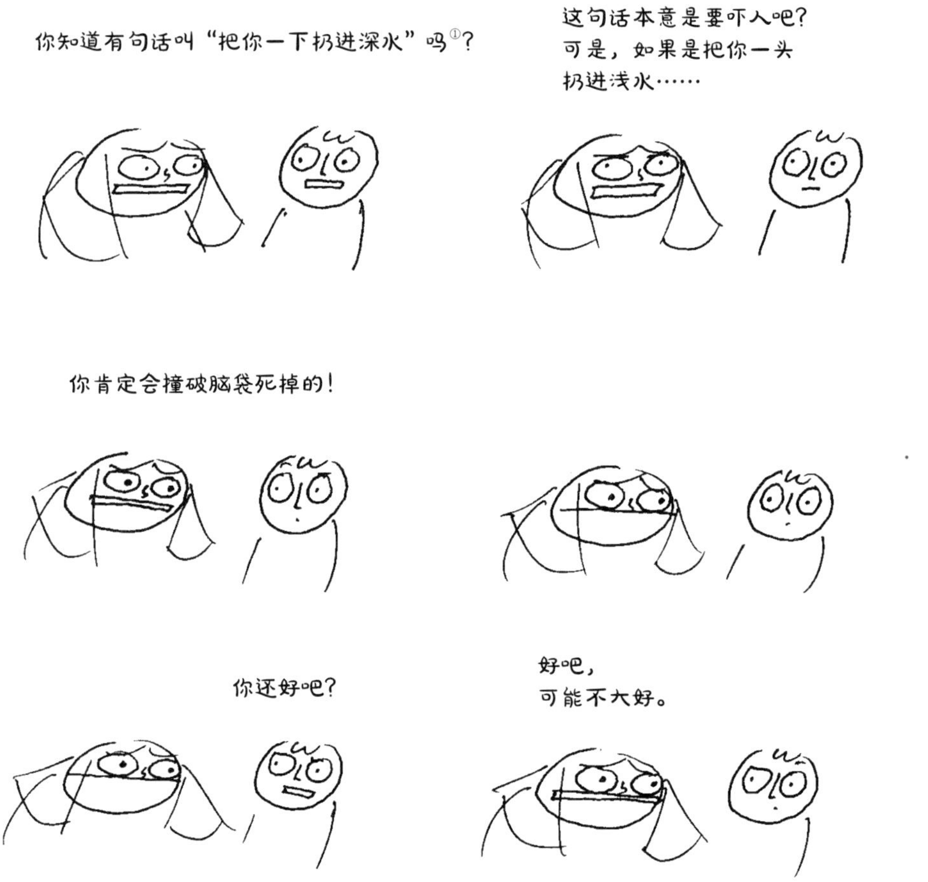


①英语谚语，意思是让人在毫无准备的情况下去做艰难的事。

我们很好，我们很棒，是的，长官。

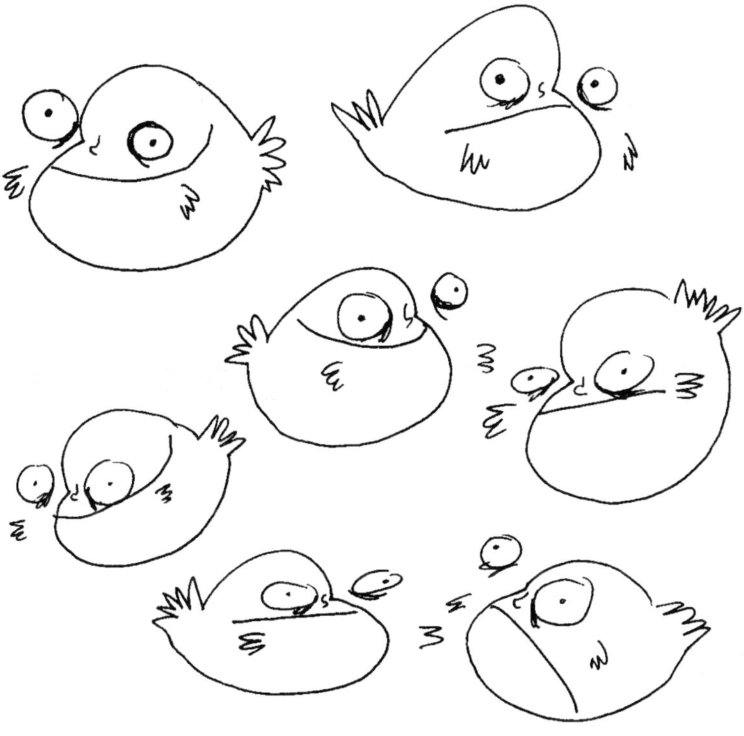

第582种回避的技巧：
“一切问题都用肯定或否定来回答。”

当然，掌握这一技巧的根本不在于懒惰，单纯在于我对自身、对人生现状极度不满与失望，所以每当有人问我话时，我宁肯耍贫嘴，也不愿深陷混乱的精神旋涡。

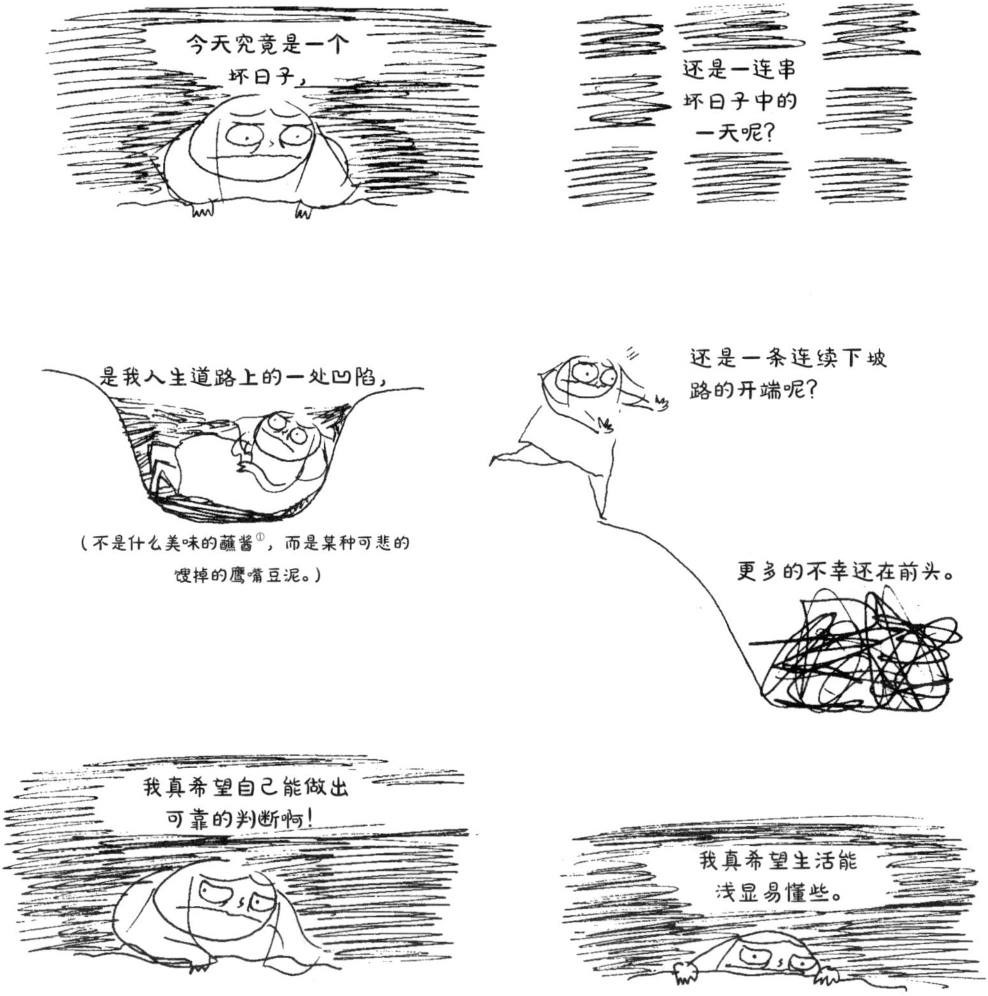


①此处原文为 dip，有“凹陷”和“蘸酱”的意思。

那么，别人都在做的事情，我怎么就是做不到呢？

如果说他们的起点在这儿，有精神疾病的人就像是被埋在深深的地底下。我不得不在一片黑暗中挖地道往上爬，而这只是为了摸到正常人生活能力的底线。

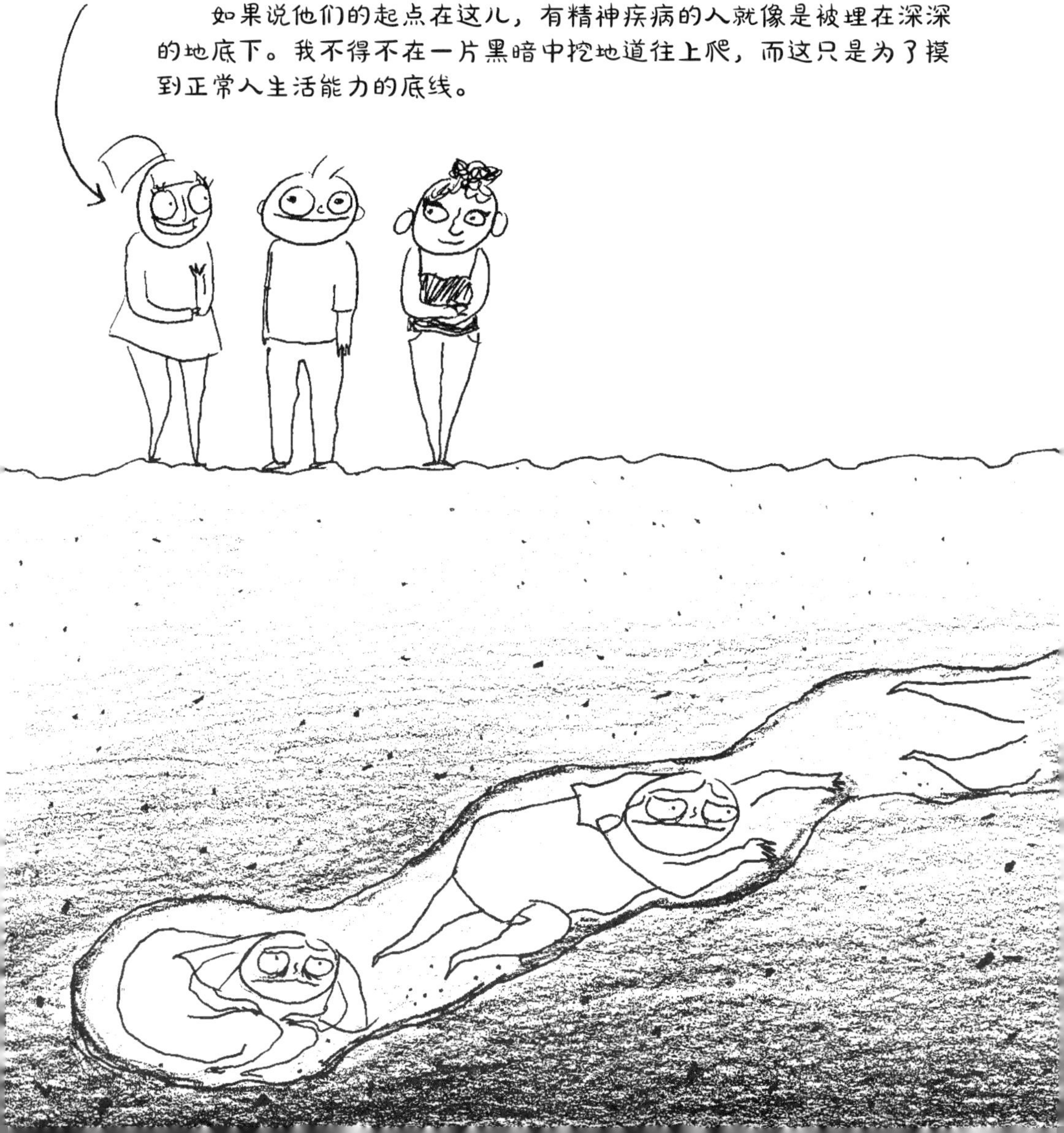

当我终于筋疲力尽地爬到地面，咳出土来的时候，却只能目送其他人手舞足蹈地奔向世界，这太让人灰心丧气了。

我挖啊，挖啊，但仍然觉得自己是个废物。我仍然觉得自己被甩在了后面。

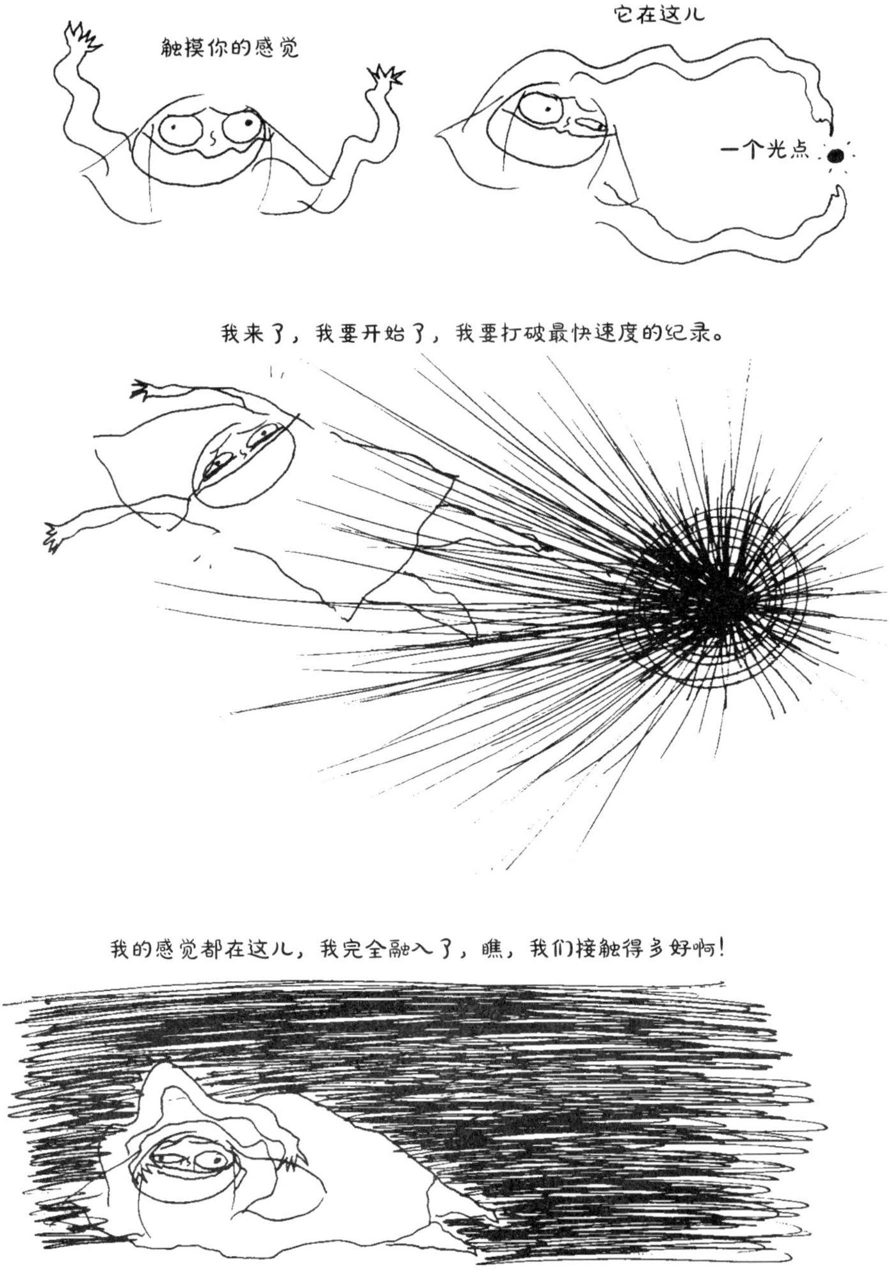
触摸你的感觉
它在这儿
一个光点
我来了，我要开始了，我要打破最快速度的纪录。
我的感觉都在这儿，我完全融入了，瞧，我们接触得多好啊！

如果今天，你一点事儿都没干，

但你一直在想着所有的事情，

思来想去，

把所有的事都在脑子里过了一遍，

那就OK了，

就当你是在缓冲数据好了。

明天就能加载完毕。

如果你感到失去了方向，厌恶自己所做的一切事情、一切选择，那也没关系。
只要换个角度就好。
瞧，
有用的！

一组可爱的画，内容是充满善意的我拽着不情不愿、
心情沮丧的混账一样的我到处走。

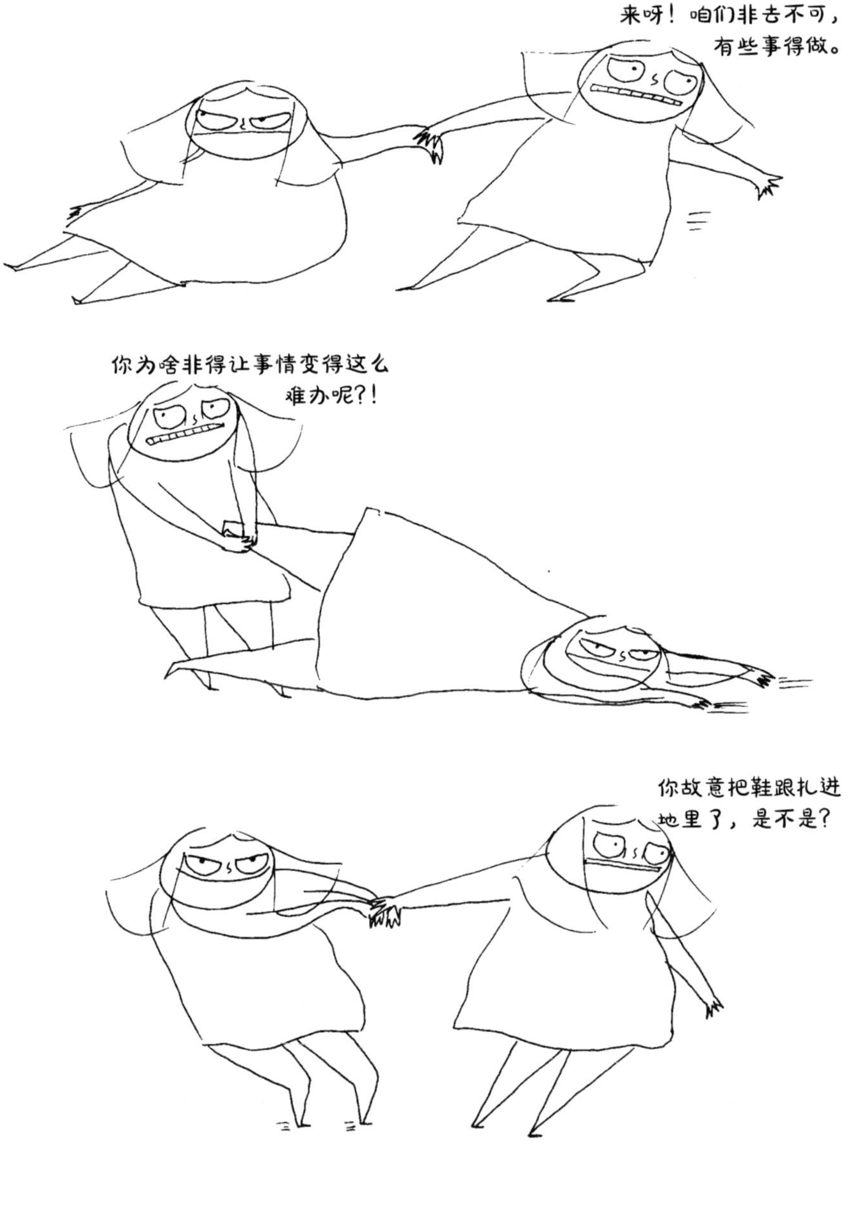

## 我的幸福角落

一杯加了巧克力这种垃圾的
牛奶泡沫咖啡。

寒冷明亮的一天里，
找一把公园的长椅坐会儿。

一边听着凯特·布什①的专辑，
一边坐在桌前扭着胳膊舞动，一
边疯狂地画点什么。

我知道，状态糟糕的时候，我
还可以做这些事。它们是我的
安全空间，也是我的幸福角落。

①英国女歌手，风格另类，以从《呼啸山庄》中汲取灵感而闻名。

## 如何存在于这个世界?

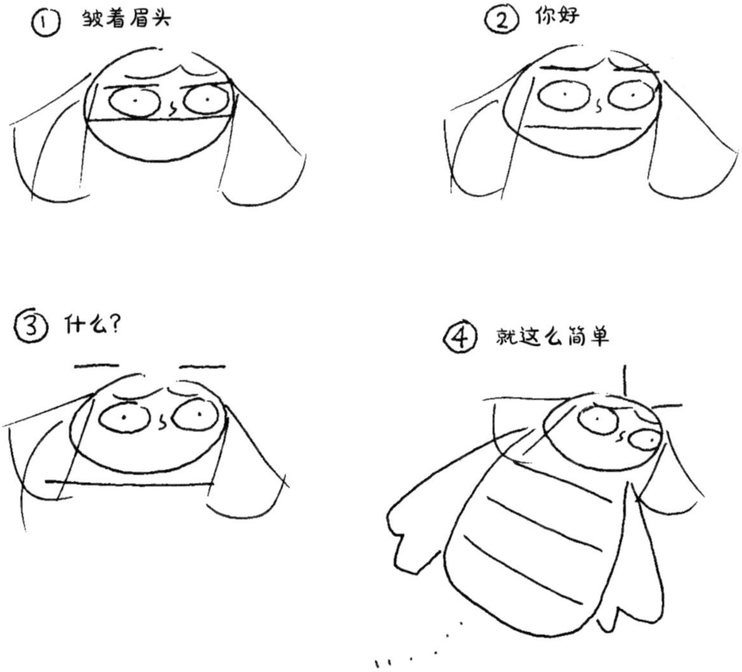

嘿，你很棒了，
记住这一点。
拍！
创造点儿什么吧。

# 当我一不小心
# 故意毁掉
# 一切的时候，
# 请多包涵

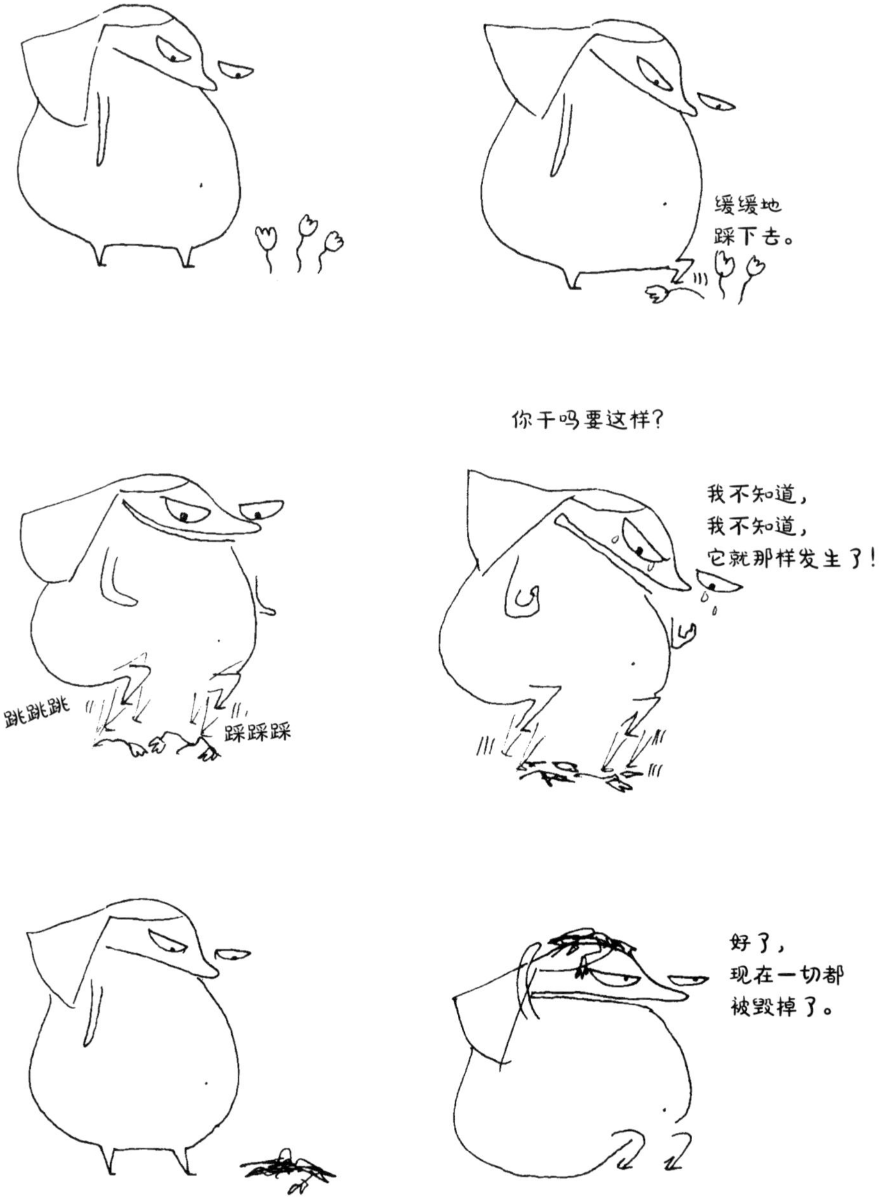
缓缓地
踩下去。
你干吗要这样?
跳跳跳
踩踩踩
我不知道，
我不知道，
它就那样发生了!
好了，
现在一切都
被毁掉了。

我不是
特别懂
究竟为什么
我这么个人
非得当这么一个无所
不能的混账不可。
呼——

送给自己一份贴心的礼物！
你是最差的！

唔……我承认自己做成过一些事，生活中也有顺利的时候……这不假……
又或者！
我可以用这台“显得卑微镜”来放大自己的所有缺点，还有自己彻底搞砸过的一切。
振奋人心啊！

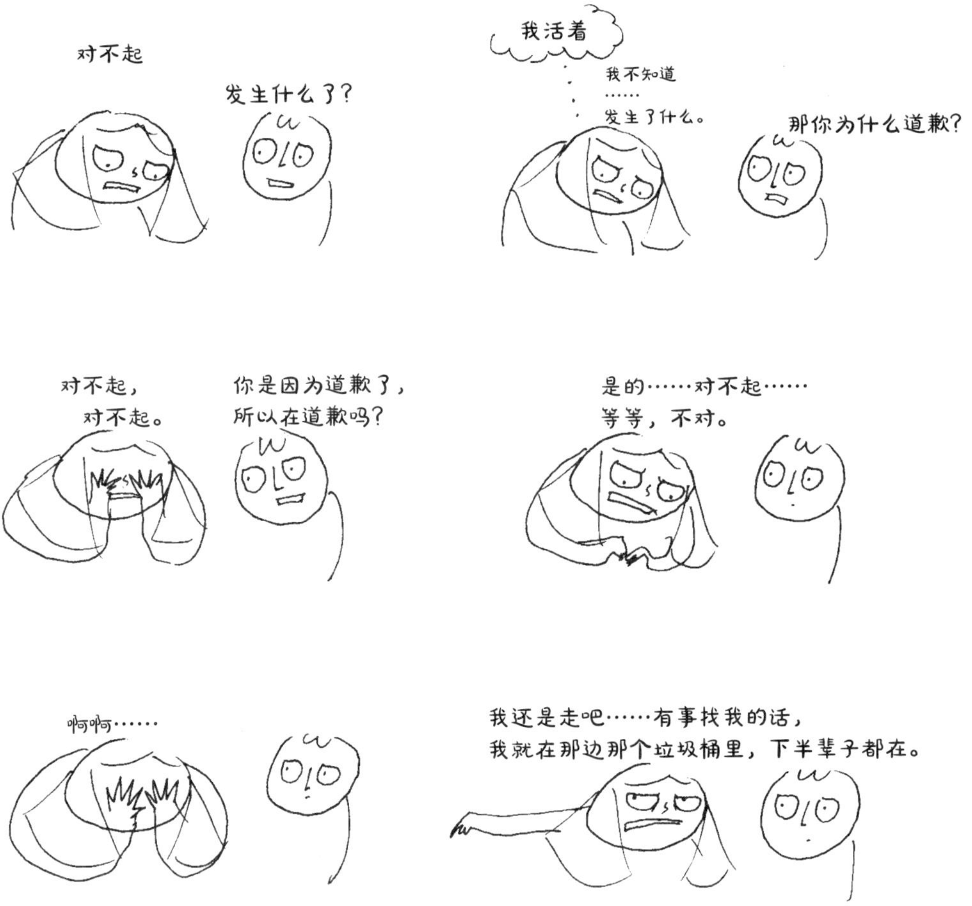
对不起
发生什么了？
我活着
我不知道
……
发生了什么。
那你为什么道歉？
对不起，
对不起。
你是因为道歉了，
所以在道歉吗？
是的……对不起……
等等，不对。
啊啊……
我还是走吧……有事找我的话，
我就在那边那个垃圾桶里，下半辈子都在。

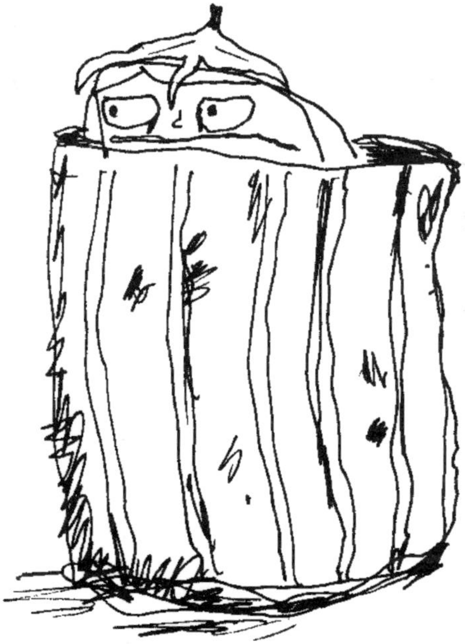

否定
否定
否定
啦啦啦啦啦啦

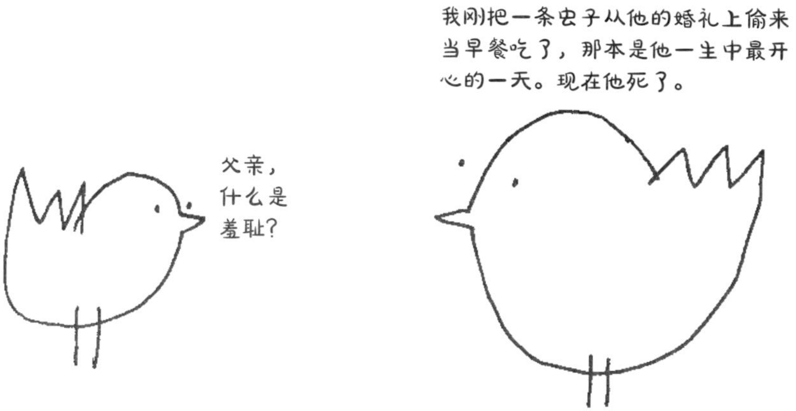
父亲，
什么是
羞耻？
我刚把一条虫子从他的婚礼上偷来
当早餐吃了，那本是他一生中最开
心的一天。现在他死了。

你好，我很想退掉这个“对应技巧”，它难用极了，而且我累了。
很抱歉，我们不支持退货。
但我可以为您换货，您可以从那堆同样难用的“对应技巧”里面选一个。
太好了！我要那边那个小坏蛋。
扑通

等一下……不……
嘿!
嗖!

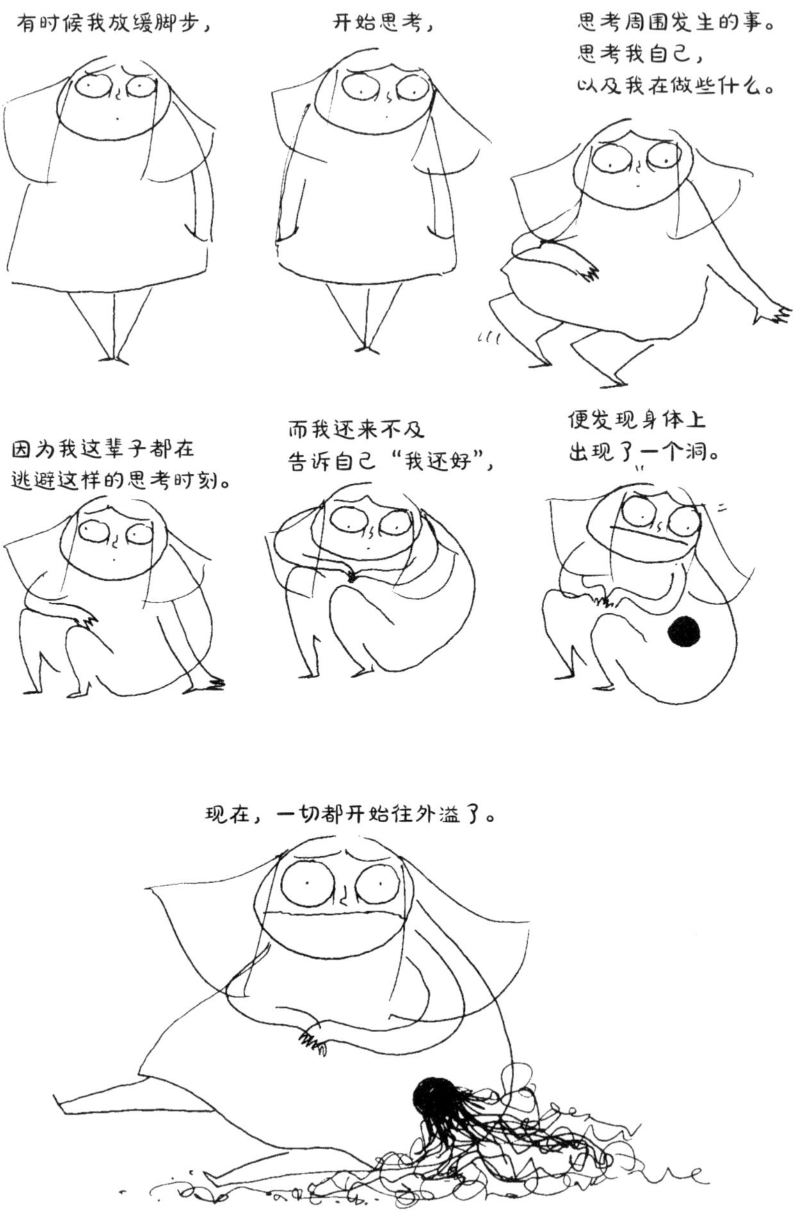
有时候我放缓脚步，
开始思考，
思考周围发生的事。
思考我自己，
以及我在做些什么。
因为我这辈子都在
逃避这样的思考时刻。
而我还来不及
告诉自己“我还好”，
便发现身体上
出现了一个洞。
现在，一切都开始往外溢了。

神啊，这也太多了。

面对这些，我觉得自己简直太渺小了。

我没有把它们收拾起来，

而是迅速地塞回去，这样的话，
就没人能看到它了，包括我自己。

我任由它溢得到处都是。

我感觉

我现在很脆弱。

身上有什么地方穿了孔

所有东西都冒出来了

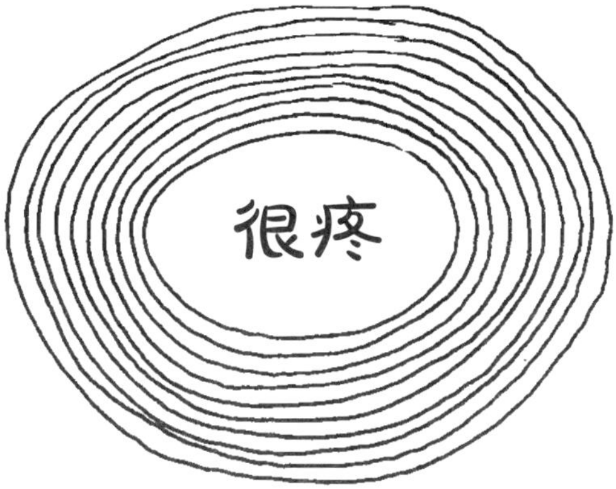
很疼

而我不想，

不想

摆脱这种感觉。

我不想逃走。

我想就这样走到世界的尽头。

我准备就这样走到世界的尽头，可又觉得害怕。

我好害怕。

我要怎样
才能掌控自己
的情绪，
又不被它们
掌控呢？

今天的造型

没有强大到足以应对自己的愚蠢。

我在自暴自弃这件事情上很有艺术造诣。如果自毁是一门考试，我一定会高分通过，然后面无表情地盯着自己的成绩单整整七分钟，接着把它捏成一团扔进垃圾桶，因为，可恶呀，我应该考个更高的分数，但即便那样，也改变不了我很糟糕的现实。实际上我这个人全身都有毛病，我要逃出城去，找个山洞穴居，恕我失陪。

你也许知道那种感觉——有时候，某件事出了一点小问题，于是你心里想着“去他的”，然后取消了接下来的计划，只为了在家里坐着，觉得自己很可怜。当你得到别人的赞扬，却觉得自己配不上这份赞扬的时候，你要么过分夸张地否定它，要么咬紧牙关勉强笑笑，把这句赞扬归类到“事后可以用来鞭策自己的东西”当中。然后你就会忽略洗澡、吃饭，忘记在凌晨五点钟前睡觉，虽然你清楚怎么做才是对自己好，但还是没法看管好自己。我知道，很多人都多多少少有伤害自己肉体或情感的倾向。

那么，这说明了什么？我之所以过得如此艰难，其中一个原因就是我无法忍受不确定性，无法忍受生活中充斥着“灰色地带”。过去，我的大脑是这么告诉我的：如果生活不是**绝对完美**，如果我不是**绝对完美**，那么一切就注定是场**彻底的灾难，我也是彻底的灾难**。只要我发觉任何东西可能威胁到“完美”的状态，脑子就罢工了，立即认定一切都糟糕透顶。在我心里没有中间地带——我缺乏这样的概念：事情可以有一点点糟，还过得去就行。最关键的是我的大脑会说，反正一切注定糟糕透顶，那去他的，我干脆提前一头撞过去，**不给那些我控制不了的东西机会，让它们把我扔过去。**这就是自毁，一点点破坏自己，因为这么做的结果至少是可预测的，虽然是坏结果，但在我的掌控范围内。

这一点再加上糟糕的自尊心问题与精神疾病，我们就触碰到了禁忌中的禁忌——自我伤害。很多人一辈子都不会有类似的体验，但也有很多人会经历，包括我在内。这是精神疾病问题中最令人不快、最让人不愿细想的一面，所以我们往往听不到关于这方面的讨论。它们常常被简化成种种充满误导性的媒体报道，说这是青少年“发出求救的呼号”，不断暗示这是一种博取注意力的自私自利的行为，说这只不过是阶段性的症状（每当我听到这种论调，都要请个代理人来替我翻白眼，因为我已经翻得脸都累瘫了）。没错，一般人确实很难理解，怎么可能有人无视自保的本能，主动给自身制造疼痛？但那些人必须长年累月地掩藏痛苦，同时还得绞尽脑汁地想出各种有创意的答案，来回答“你胳膊上的伤是怎么回事”这种问题。比起他们的痛苦，有人感到困惑应该没什么要紧的。这也是我要公开谈论自身经历的理由，因为人们的沉默令我们筋疲力尽、孤立无援，而事情本不该如此。

自我伤害并不是什么非同寻常的经历，也不是可耻的缺陷或者人生的失败。它发生在我身上，是因为我没法应对情感上强烈的痛苦。它有一种特殊的功能，会把无形的不依不饶的精神痛苦，转化为一种剧烈的可以量化的肉体痛苦，这样一来便可以暂时（因为肉体痛苦总是暂时的）缓解我精神上的痛苦。而且坦白说，考虑到当时我脑子里一塌糊涂的状况，我不会放过任何能缓解痛苦的手段，即便是自残。在我不合逻辑的行为背后，其实存在着合乎逻辑的理由——它们建立在我当时对自己、对自身境遇的感受上，尽管那种感受可能不切合实际，但对经历着那一切的我来说，却真实和可怕得难以置信。

关于我是怎么打破“因为我的大脑惩罚我，所以我惩罚自己”这个死循环的，我没办法三言两语解释清楚——真希望我可以。这个过程其实相当混乱，相当无聊。连在自己活着这件事上采取积极的态度，都花了我很长一段时间，更不用说我还做了足够多的思想工作，接受了足够多的治疗，才觉得自己大概配得上比自毁更好的待遇。但是，重点在于你可以做到这一点。我不会说“寻找另一种健康的应对机制”这种话，不是因为这话不对，而是我已经听专业人士这样说过太多次了，它让我更想尖叫。

防止自我伤害是一种非常个人化的行动，我不得不摸索属于自己的办法。一些方法是循序渐进、顺理成章地得出的，另外一些我也不确定到底有没有用，但只能相信它们能起作用，能比折磨我身心的伤痛更加持久（尽管在短期内，这些方法让人觉得是难以忍受的垃圾）。接下来，我将分享一些走出自毁困境的方法。

• 想在一夜之间从“我对自己嫌弃到无以言表”转变成“我爱自己、重视自己，因为我值得”，再配上潇洒的甩头动作，这是不现实的。但我可以迈着像蜥蜴一样浮夸的小碎步，按自己的节奏慢慢接受自己。

• 自我安抚是要费功夫的，但不是非得采取某种积极向上的手段。在黑暗中坐在莲蓬头底下哭就颇有奇效。

• 把我的手指甲涂成讨厌的颜色也同样有效。

• 一边用耳机听着震耳欲聋的音乐，一边在羽绒被底下尽力蜷成胎儿的模样。

• 拥抱我的狗，因为它是一条狗。

• 不论我在努力摆脱哪种形式的自我伤害，只要能让我和这种行为保持距离就好。从非常实际的角度来讲，让我没有手段破坏我够得着的东西，让我远离难以应付的环境，都能给我更多的呼吸空间。

• 因为冲动都是会过去的。真的，它们会过去。

• 如果我在整张纸上写满“去他的”，然后把这张纸涂黑，我就能感觉好一点。

• 我不必以任何一种令我不舒服的方式来看待自己的经历。我不想从某种看似积极的角度来评价自我伤害，比如“它令我更加坚强了”，或者把我的伤疤看作美丽的“幸存者勋章”。如果我想冷淡地看待这件事，就冷淡地看待它。如果我想为它难过，就为它难过。我想用心留意它，就用心留意，不想的时候就不去留意。

• 还有一点是我不道歉。我不欠任何人一个解释或是合理的说明，如果有人看不惯或受不了那些疤痕，那他们可以滚远点儿。

• 记住，如果想用拳头捶墙，就得在墙壁和拳头之间垫个枕头（又青又肿的手、擦破皮的指关节可不怎么好看）。

• 即使遇到可怕的事，产生可怕的感受，也不一定要用可怕的行为去应对。**没关系的。**我有资格在事情变得糟透了之前，发短信、打电话、发邮件或发传真，甚至派一只信鸽向别人求救。

• 生活中很少有非黑即白的东西，我必须学会忍受灰色地带——这是能做到的，只不过得花上长得要死的时间（我在这一节中一直避免使用“要死”这种词，原因显而易见。但在这里，我让步了，因为它实在是个好词，我喜欢它）。

• 你的世界可能真要完蛋了，但这种状态不会永远持续下去。

为什么我要像婴儿学步那样一小步一小步地走呢？婴儿走路弱爆了。你想想就知道。

为了向前移动，我要像蜥蜴那样走浮夸的小碎步。

团结一致

呀啊啊啊啊啊啊！
喂，
老兄，
你干吗尖叫？
我刚刚在用非批判的方式来认可自己的成就、证实自己的存在！
呀啊啊啊啊啊！
好吧，那确实挺吓人的。
呃啊啊啊啊啊啊啊！！

# 另类的

# 自我关爱

让你自己处于蜥蜴的包围之中。现在，你是它们的女王了。

把一只羊角面包砸到墙上。

将胳膊肘按在蜡烛上面，把它们压坏，这样它们看起来就和你的心情差不多了，真有意思。

留意你都做好过
哪些事，
这很重要。

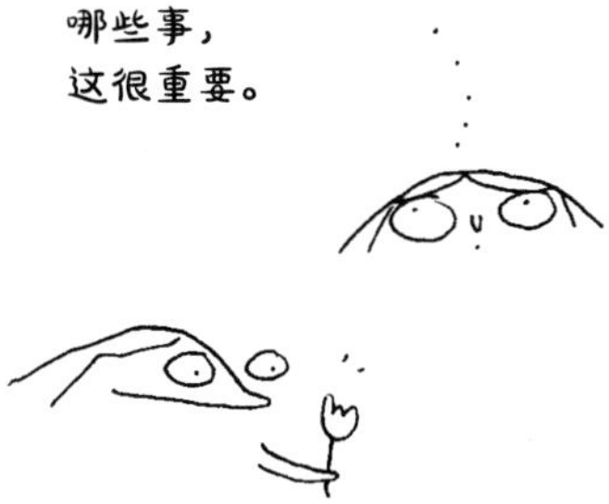

别让你搞砸了的事
破坏那些你做好了的事，
这也很重要。

这两件事，是可以并存的。

多想着你的成就。

能说会道的狗

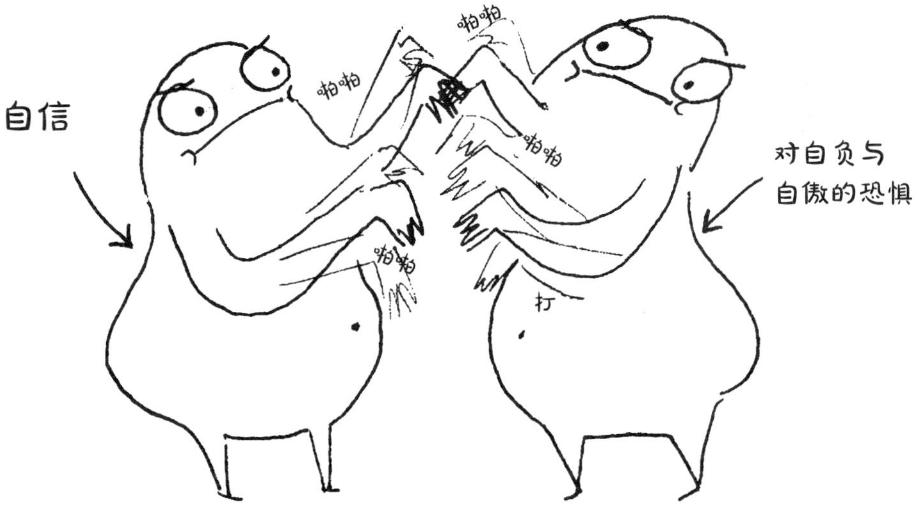
自信
啪啪
啪啪
啪啪
啪啪
打
对自负与
自傲的恐惧

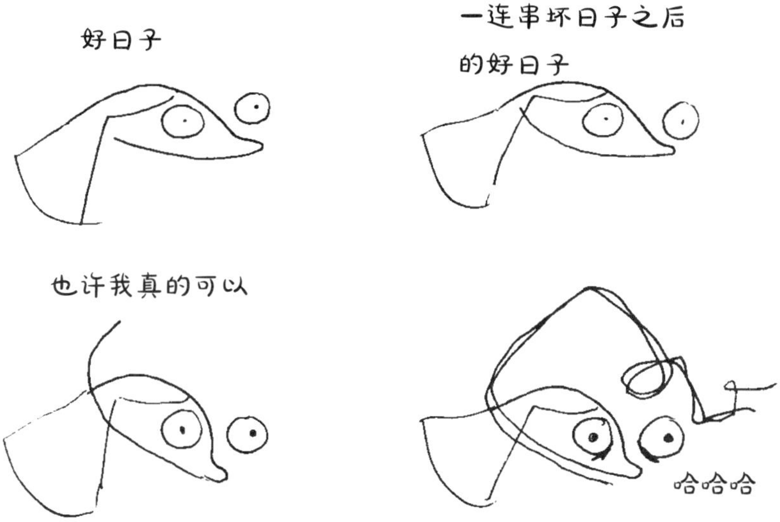
好日子
一连串坏日子之后
的好日子
也许我真的可以
哈哈哈

天啊！
我太
厉害了！

## 我的五个优点

1. 我喜欢狗。

b) 我皱眉头的样子有时候挺好看。

iii 有一次我走路回家，一路上都没看见一辆公交车超过我，这说明我赢了。

IV 狗喜欢我。

Fig5 我两只胳膊肘都还在。

6. 数数儿之类的事我特别在行。

# 加油打气的话

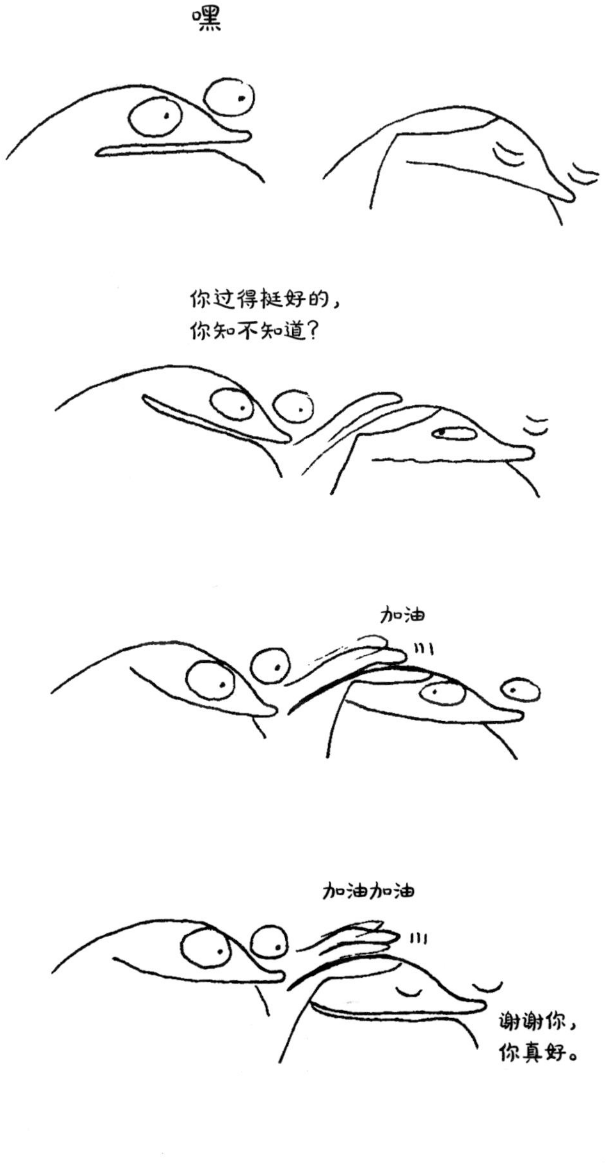

我在忙我自己的事，
其他人的事情
可以滚开了。

魔力鸡

看见她漂亮
眼睛里闪烁的
魔力了吗?

那么，
今天你心情
如何？

拜托了，先生，
我不是一个健康的男人。

当我的感受无法用言语表述时，

以下这些视觉化的比喻可能有用。

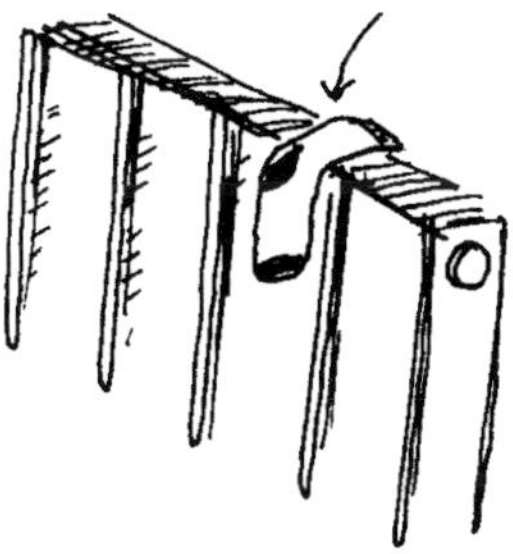


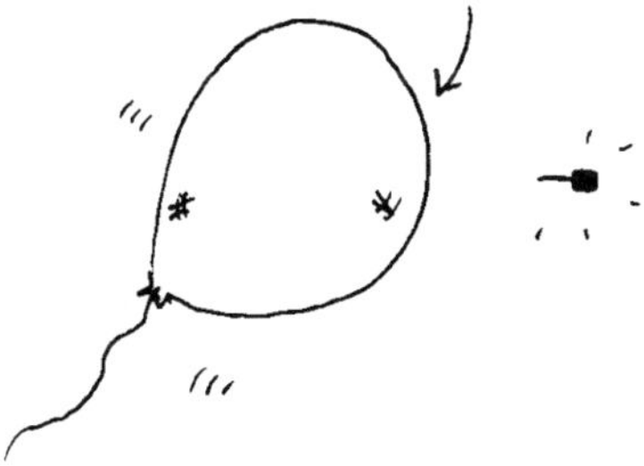

露比，你还好吧？
好呀，我昨晚只睡了三个钟头，
因为我的大脑恨我，
它现在正融化成一团
用焦虑熬成的恶心糨糊，
可你瞧见了吗，我能把腿弄成这样？！！
?

我想我们都知道，
你相当容易冲动……
我想问一问，你对这一点有没有什么看法？
嗯嗯？
冲动购物的成果
更多冲动购物的成果

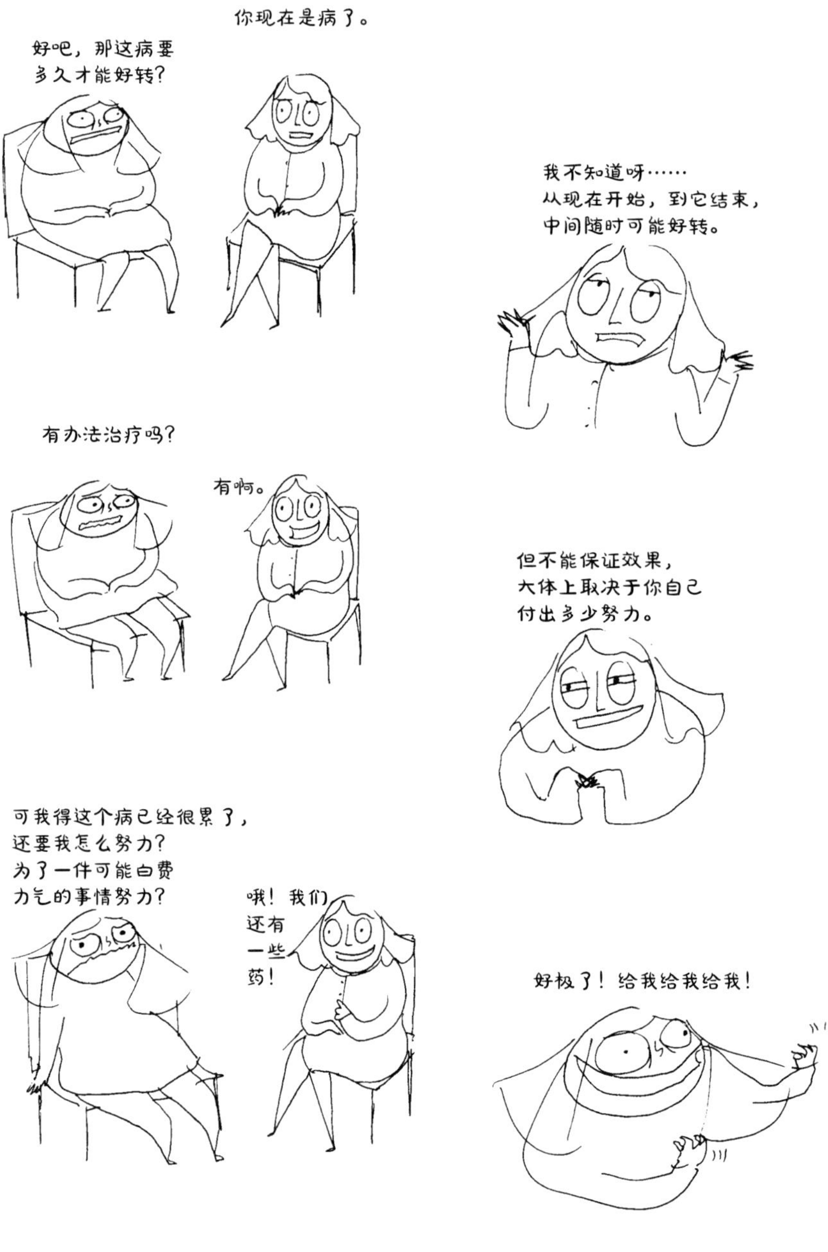
你现在是病了。
好吧，那这病要多久才能好转？
我不知道呀……从现在开始，到它结束，中间随时可能好转。
有办法治疗吗？
有啊。
但不能保证效果，大体上取决于你自己付出多少努力。
可我得这个病已经很累了，还要我怎么努力？为了一件可能白费力气的事情努力？
哦！我们还有一些药！
好极了！给我给我给我！

但是，我再说一遍，我不能保证它一定有效果，
也不能保证它值得你承受那么多可能会
有的副作用——包括加重你已有的症状……

把这些好看的小册子全拿回去吧！

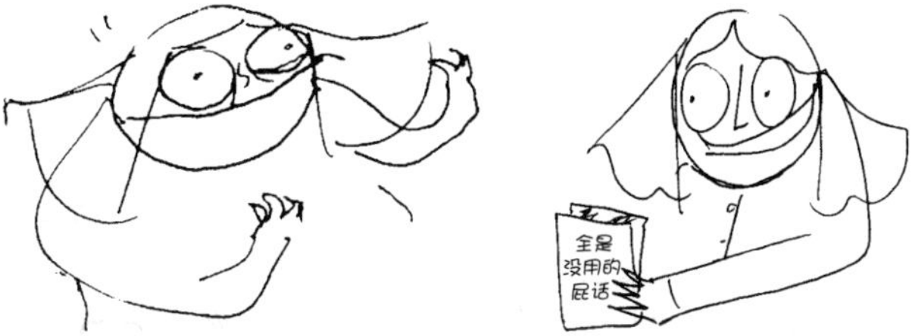

好啦，跟人倾诉很难，但该克服谈论这件事的恐惧了，因为在很大程度上，倾诉本身就是一种治疗。当我们为生活中的琐事感到灰心丧气的时候，可以向身边亲近并信任的人倾诉，来舒缓压力。可是，当你发现每天半夜三点都会醒来，一边哭，一边盼望自己压根儿就没活在这世上的时候，又该怎么办呢？或者是你每一次走出家门，都快要被自身焦虑的重量压得崩溃的时候，又要怎么办？你的脑海中可能充斥着毫无道理的古怪念头，它们实在太吵，又不肯停歇，闹得人根本理解不了外界在发生些什么。你知道，那真的会把一切搞得一塌糊涂。总的来说，我们的心理健康严重依赖于彼此间的支持，但有时仅仅这样是不够的。我觉得接受心理治疗从根本上来说，是通过一种更加正式的方式，来获得我们面临困境时可能都需要的东西——倾诉与被倾听。所以，让我们打破关于心理医生还有他们那张睡椅的刻板印象吧（我看了一辈子的心理医生，只见过一次睡椅，他们甚至不准我躺到上面去，它只是一种古怪的装饰品，上头堆满了一看就不舒服的垫子）。需要心理治疗这件事并没有什么大不了的。

世间存在的一种误解常常令我很生气：看心理医生只是无力应付自己问题的人用来逃避的方法，新潮但愚昧。没有什么谬论比这更离谱了。没有人是自己选择心理不健康的，也没有人希望因此被排挤、被羞辱，因而产生负罪感，觉得自己不配得到帮助。所以说真的，当你脑中的每一个细胞都在叫嚣，让你孤零零地躺在大脑化成的一团糨糊里的时候，能克服莫大的困难从地板上爬起来，出去寻求帮助，的确是勇敢者的行为。你得在精神上付出巨大的努力，才能向外界求助，接着还得付出更多的努力，才能相信自己的问题真实存在，并且有正当的理由被第三方严肃对待。我需要躺一会儿。

①②③此三处英文原文为作者故意拼错。

我这一生的多半时间，都在断断续续地接受心理治疗。我接触过形形色色的心理医生——优秀的，糟糕的，通过关切地皱眉来展开大部分交流的。我时常想，如果把在看心理医生的路上，坐在公交车上闷闷不乐的那么多个小时用在别的事情上（肯定有好几百个小时），我肯定能有所成就。也许我都爬完好几座山了，或者学会吹巴松管了，或者不仅做完了上面两件事，还教会了一只羚羊钩花边。

扯远了……在我生命中的不同阶段，心理治疗扮演了许多种不同的角色。有时它只是一个压力阀，有时它是名副其实的救生索。而更多时候，除了使我的情况陡然恶化之外，我想不到它还有什么作用。但大多数时候，它对我而言就是一星期的一万零八十分钟中的五十分钟（顺便说一下，这也是我对准时到场特别看重的原因）。在此期间，我可以瘫倒在椅子上，不顾颜面地把所有事情一股脑儿吐出来，知道自己不用独自坐着面对这一切。

当然，把那些导致我去看心理医生的原因梳理清楚，一直是治疗过程的组成部分，但我在心理治疗中最重要的收获之一，其实是学会了如何利用心理治疗，进而学会如何允许自己接受帮助。我现在就来解释一下。

我从不畏惧谈论自己的问题（尽管我知道，这对于很多人来说特别困难）。我会不停地说呀说呀，说我多么憎恶自己，多么不想待在这世上，一直说到悲伤的情绪全部宣泄完。十几岁的时候，我每周都会像一团长了脚的雷雨云似的，怒冲冲地走进心理医生的办公室，爆发性地说出各种自我否定的言论。所以，开口倾诉并不困难，难的是弄清楚倾诉完后我又该做什么。记得有一次，我正好处在那种熟悉的状态中，焦虑抑郁到了灾难般的程度，满心想着不能再在这世上活下去了。这种情况并不陌生，多年来我时不时地陷入又逃离这种危机，并且尽了最大的努力在开始自我伤害前向人求助。在极度抑郁和怀有自杀冲动的时候，最痛苦的是感到完全丧失了掌控自身状态的能力。我唯一还能控制的，就是采取退出困境的策略，这种状态对任何人而言都极其可怕。

所以我坐在心理医生对面，一边流泪，一边从我们中间的纸巾盒里一张接一张地抽面巾纸，希望她能掌控整个局面。她毕竟是心理医生，而心理医生本来就该治好你，对吧？心理医生的知识库里一定有种魔法，能一下子驱除人们的忧郁，让他们马上蹦蹦跳跳地走出治疗室，仰天大笑，口吐彩虹，对吧？理论上是这样，对吧？**噢，仁慈的上苍啊，请让它退散！**简而言之，我的心态就是这样。

然后，有什么东西轻轻击中了我的心，就像一吨砖头的八十分之一那么多——没有任何人、任何事能让它立即退散。发生在我身上的一切都是真实的，它们切实存在，而且非常糟糕。我控制不了局面，却希望别人把它们赶走，但心里清楚他们其实也办不到，这令我感到更加苦恼，更加绝望。找到应对这一切的方法，是我控制局面的唯一机会。这也是我去看心理医生的目的，不是指望他们治好我，而是寻求支持与帮助，好让我找到走出困境的方法。因为你知道，我确实可以在那里坐上五十分钟，可终究得走出去，应付一周的另外一万零三十分钟。这些时间都是我的。就算没能力做一个闪闪发光的人，我还是有能力在饱受煎熬时放自己一马。我会接受外界的帮助与支持，不会因为我的悲伤有一片海那么大而非一滴水那么小，就拒绝它们。那每一分钟是我的，是我的时间，即便我现在对拥有它们不感兴趣，也不会放开这些时间。因为在将来，那个把我拽出门，用掉心理医生一堆纸巾的一小部分我，也许想要这些时间。那一小部分我会变大的。那一小部分我已经在变大了。

有时候我觉得自己大得惊人，体内充满了各种东西，仿佛这个地球上没有什么能限制我。

此外的时间，我觉得大得惊人的是这个世界，
而我十分渺小。
膨胀，收缩，膨胀，
收缩，膨胀，收缩，膨胀。

我并不是没有任何想法。
我脑子里有数以吨计的想法正飞来飞去。
可它们都是躲躲
闪闪的小混蛋。
嗖嗖
啪啪
就算我真的抓到了一个，

也很难抓稳它。

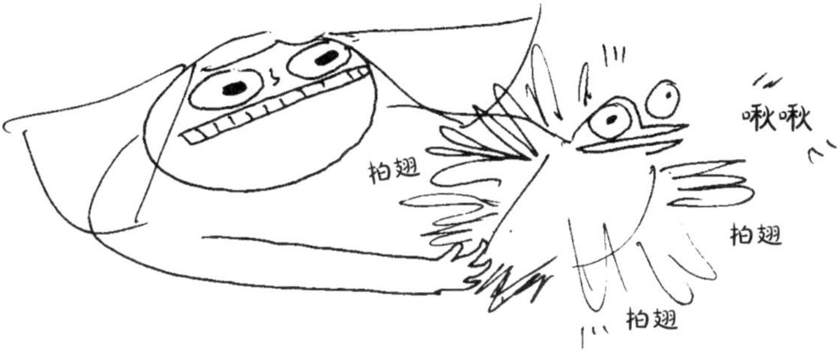


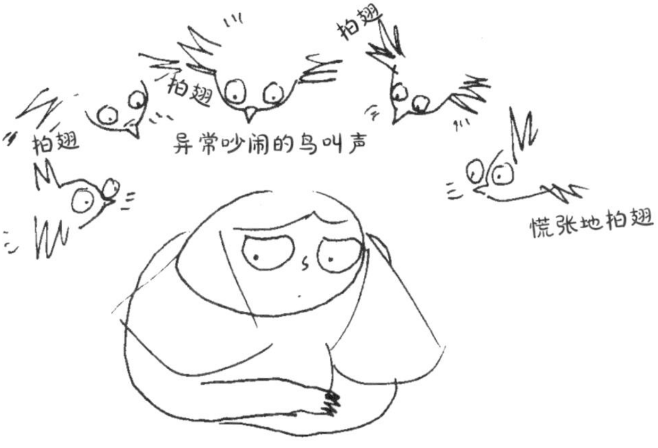


所以我被困在了
这一大堆吵吵嚷嚷的
可恶的鸟想法里，

一个也抓不住。

我的饮食模式

我的睡眠模式

你懂的，压根儿就不存在什么模式，
以上这些只是一大堆愚蠢。

我会无缘无故地担心。有时候我想，就算把我放进一个装满了枕头和巧克力的安全小屋，我仍然会把自己逼得发疯，直到整个人着起火来。我的脑子只会想些不相干的事，只会想“万一如何如何”。我还有个可怕的习惯，把一丁点东西像滚雪球似的在脑子里滚来滚去，直到它的体积变成原先的十二倍。光是这样已经让我疲于应付了，可这只是我的默认状态，当我真的遇上需要担心的事情时，就会变成：好吧，既然如此，咱们就把这个单层的担忧牌经典海绵蛋糕升级成十八层的焦虑牌比萨斜塔式巨型婚礼蛋糕，上面有繁复的花边和宝石的那种，顶上还有一对软糖做的小人儿在尖叫！只不过现实中没有蛋糕，只有我蜷着身子，倒在地板上几乎喘不过气，因为我不得不去做些什么，比如和现实中的人说说话，这对我而言简直是世界末日啊。

饶命，
我只是个小女孩。

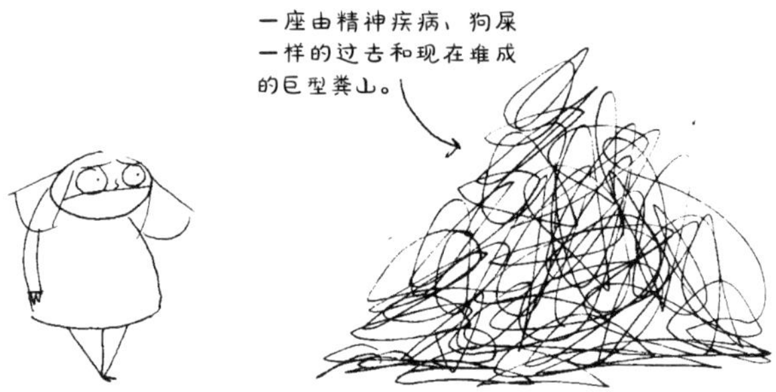

经过数周乃至数月的艰苦奋斗之后……

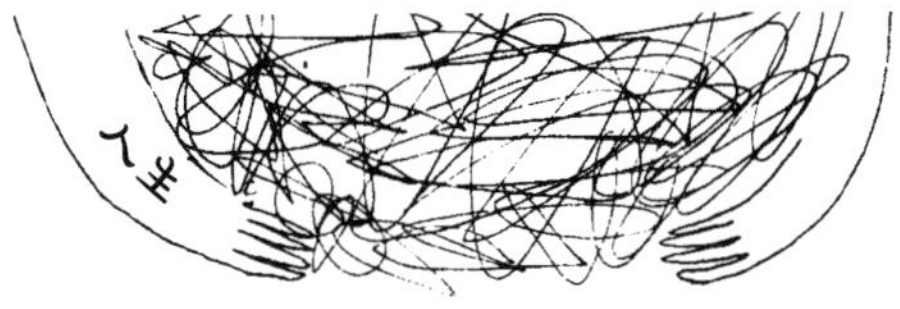
人生

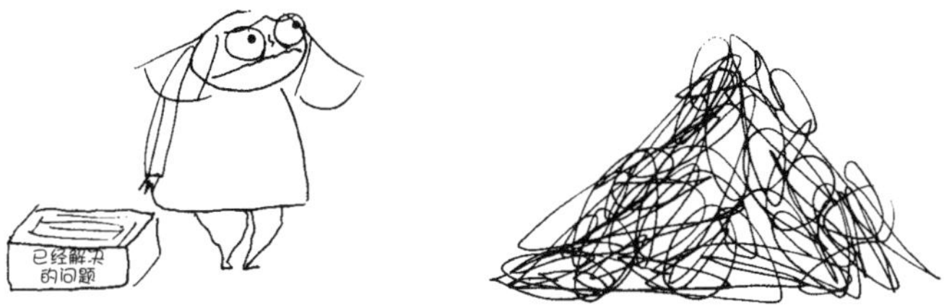
已经解决
的问题

人生
好吧!

快了！
快了，
我会把事情都做完，
很快，
不是现在，因为眼下
我被恐惧、焦虑和
其他破事儿压到瘫痪了。
但是快了！

你说了，要振作起来

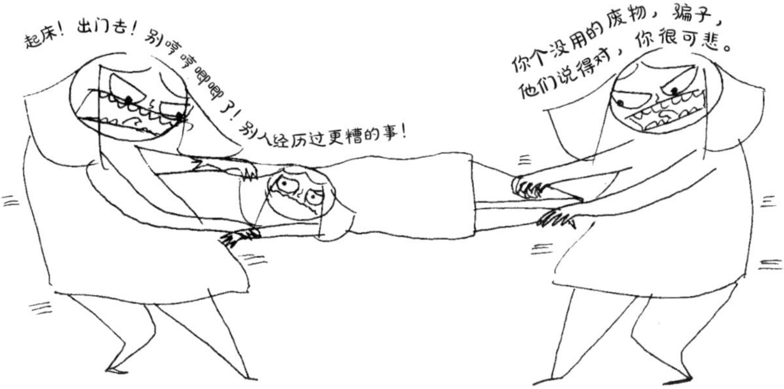


而这只会让我更崩溃。

假如我只需要这样：

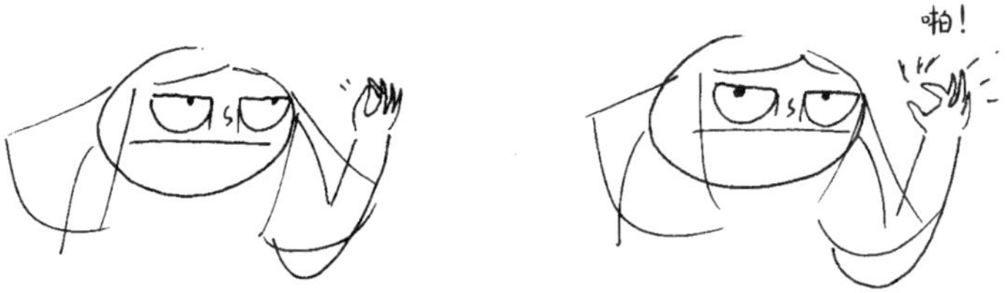


就能让自己从中解脱，你不觉得我早就这么做了吗？

好吧，你看吧，我的病还没好，
谁会想到这么复杂难搞的病不
是打个响指就能治好的啊……
嗯……

# 双相情感障碍（躁郁症）

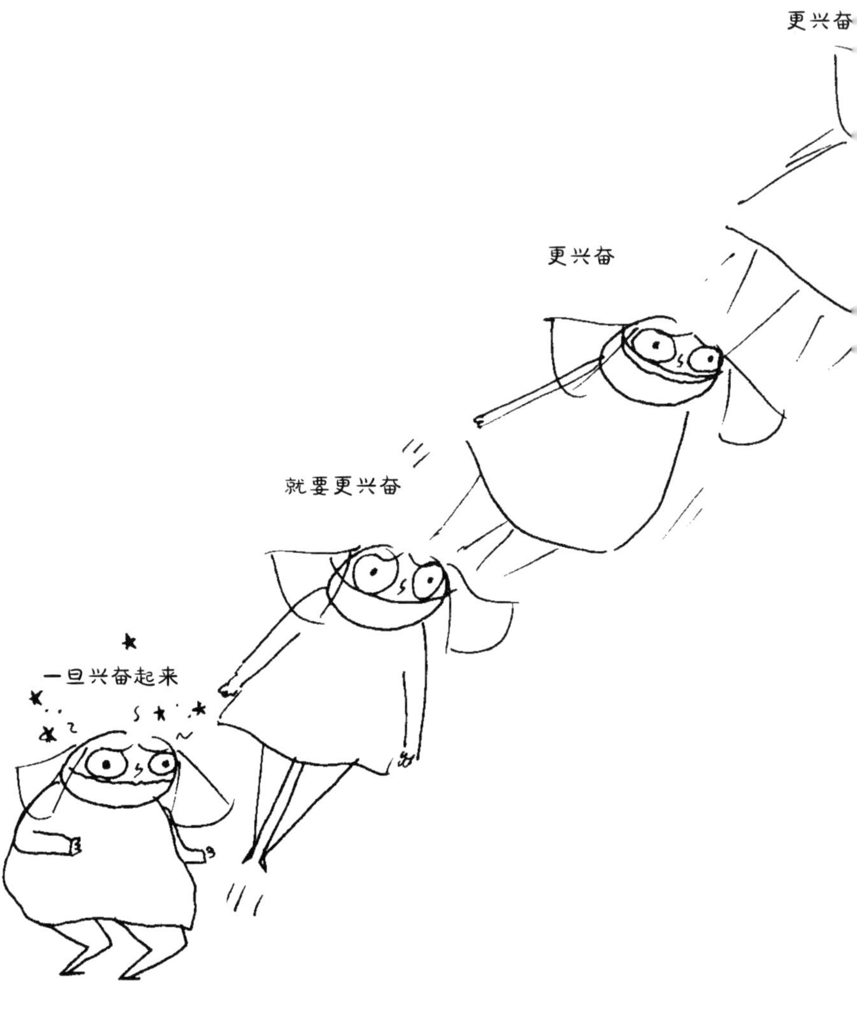

你像卡通片里的人
物一样咻的一声从
高空跌落。

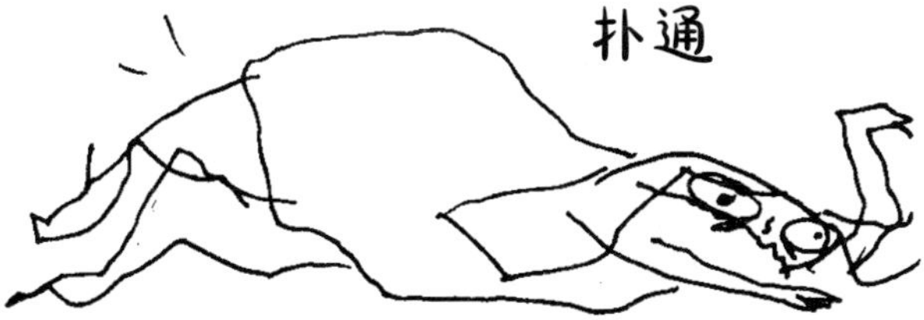

**双相情感障碍是：**

- 一种疾病

- 多数时候都是一堆垃圾

- 我生活的一部分，我本身的一部分，但并非全部的我

**双相情感障碍不是：**

- **一种有趣而滑稽的怪癖！**——不。我不会带着满身蝴蝶，无耻地眨着眼到处闲逛。患有双相情感障碍不该让我或任何人成为猎奇的对象。关于那些拥有创作才华却饱受这种病症折磨的人，已经有太多经过美化的胡说八道了。没错，有些患有双相情感障碍的人碰巧是搞艺术、拍电影、写小说的，他们还会用脚趾头弹竖琴呢。我猜我就是其中之一。可我碰巧还长着一头棕发，有一口中国铁锅，但不会有谁对我说“呀！没错，你头发是棕色的，还有一口中国铁锅，所以你才成了搞艺术的”。滚吧。它是一种影响人一生的慢性疾病，不该被当作猎奇的话题。

- **一个形容词，你可以用它来描述某个情绪不太稳定的人或某件古怪的东西**——绝不是。这么做既不聪明也不好玩，还低估了那些患者的痛苦。换个形容词吧，我听说那样的词有很多。

- **醒来的时候心情很好，接下来可能有点低落，之后又会开心起来**——不不不。每个人的心情都会有起起伏伏，那是人生的一部分，这可能令人很难受，但是正常的。可情绪病，或者说所谓的情绪障碍（没错，那感觉就跟你演了一

部自己当主角的恐怖片一样），特别是和躁郁症相关的那种，完完全全超出了“正常”的范围。得了躁郁症并没有让我免于健康的情绪波动，我也有正常的情绪起伏，只不过除此之外，还要在抑郁期和躁狂期分别经历极度的低落和极度的亢奋，表现出所有相应的症状。那实在叫人够受的！

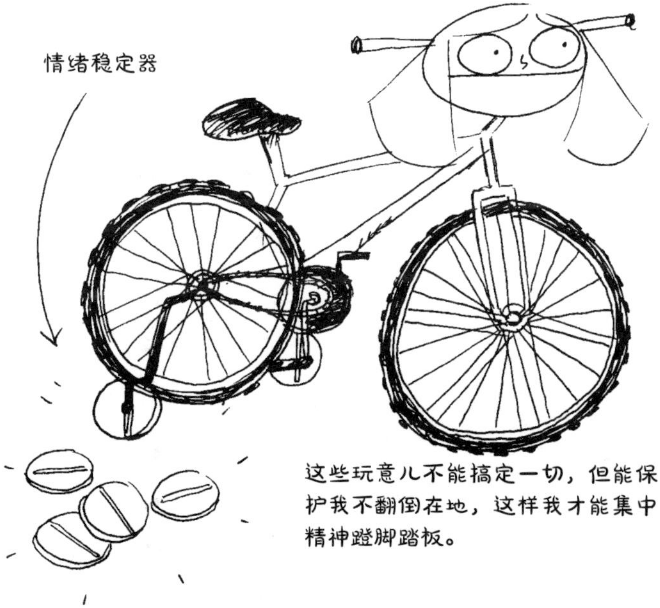

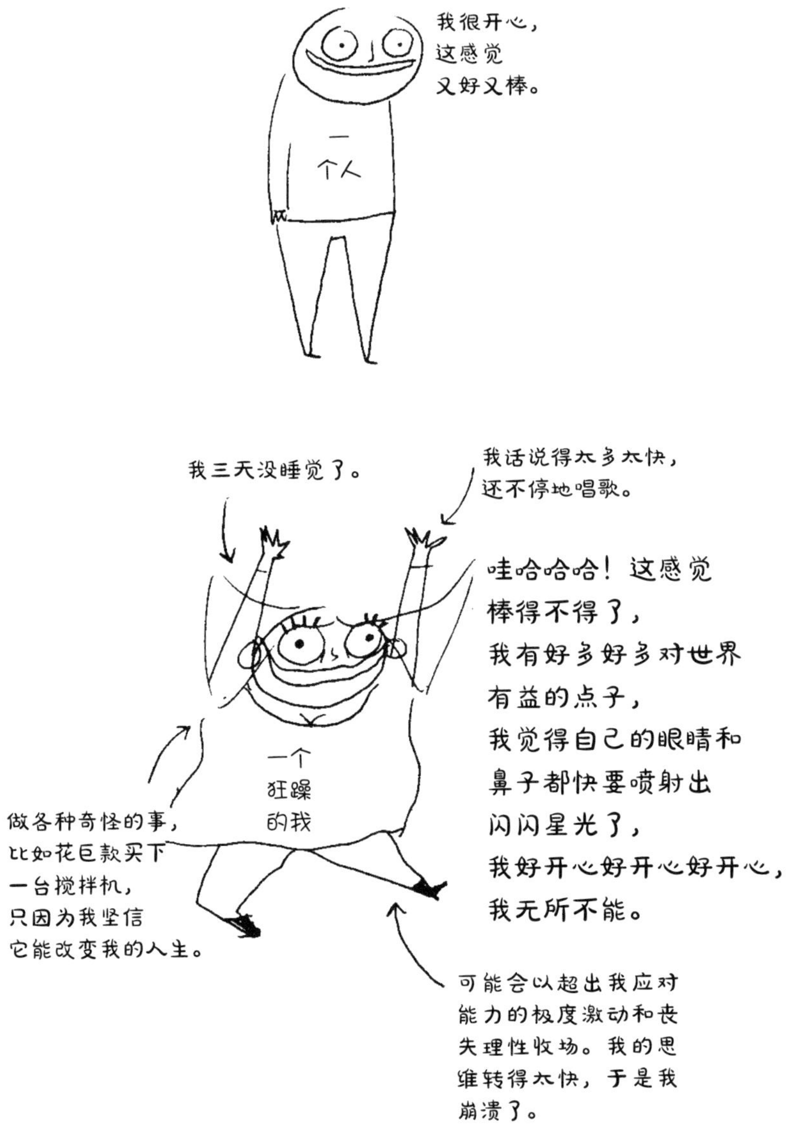
我很开心，
这感觉
又好又棒。
一个人
我三天没睡觉了。
我话说得太多太快，
还不停地唱歌。
哇哈哈哈！这感觉
棒得不得了，
我有好多好多对世界
有益的点子，
我觉得自己的眼睛和
鼻子都快要喷射出
闪闪星光了，
我好开心好开心好开心，
我无所不能。
一个
狂躁
的我
做各种奇怪的事，
比如花巨款买下
一台搅拌机，
只因为我坚信
它能改变我的人生。
可能会以超出我应对
能力的极度激动和丧
失理性收场。我的思
维转得太快，于是我
崩溃了。

我现在很伤心。
一切都是垃圾
……呵。
一个人

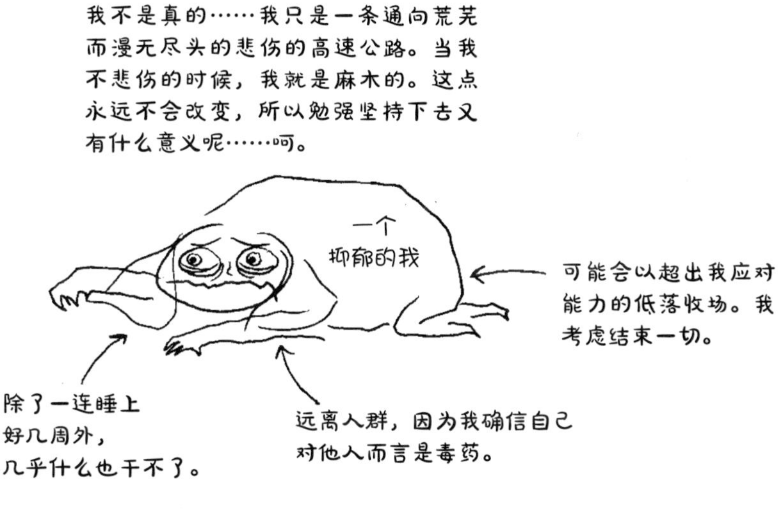
我不是真的……我只是一条通向荒芜而漫无尽头的悲伤的高速公路。当我不悲伤的时候，我就是麻木的。这点永远不会改变，所以勉强坚持下去又有什么意义呢……呵。
一个
抑郁的我
可能会以超出我应对能力的低落收场。我考虑结束一切。
除了一连睡上
好几周外，
几乎什么也干不了。
远离人群，因为我确信自己
对他人而言是毒药。

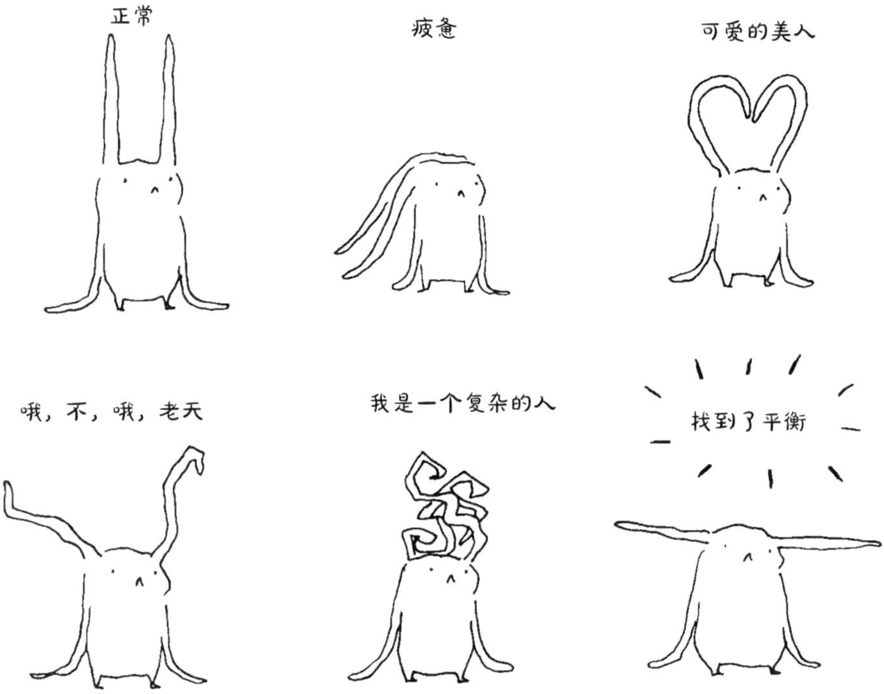
正常
疲惫
可爱的美人
哦，不，哦，老天
我是一个复杂的人
找到了平衡

# 迷失：自我感觉

## 好吧，你知道那是怎么一回事

有些日子你很好。

有些日子你很糟。

有些日子，你干脆突然毫无缘由地变成了一条蜥蜴。

这一条是你瞎编的，对吧？

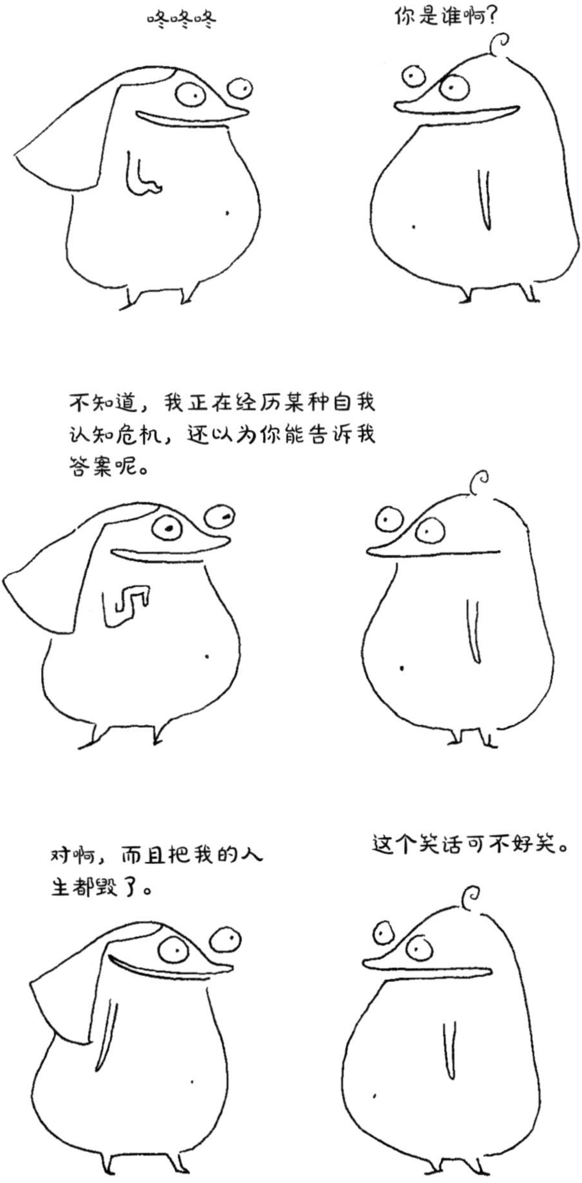
咚咚咚
你是谁啊？
不知道，我正在经历某种自我认知危机，还以为你能告诉我答案呢。
对啊，而且把我的人生都毁了。
这个笑话可不好笑。

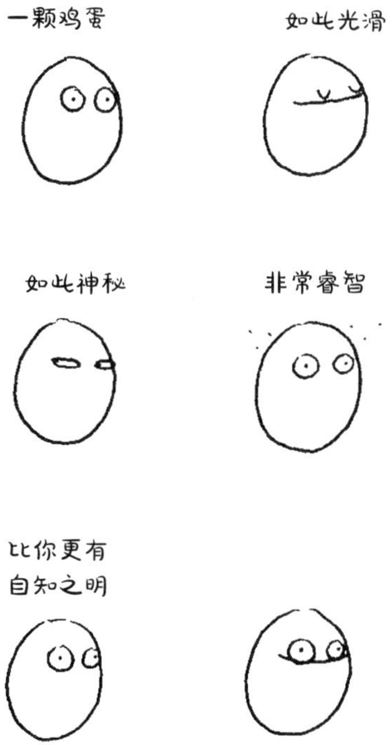
一颗鸡蛋
如此光滑
如此神秘
非常睿智
比你更有
自知之明

利亚姆，咱们是真实存在的吗？

我不晓得呀，
戴夫，我不晓得。

跟我聊一聊
你自己吧。

人们迟早会发现，我根本不是人，
我只是一堆用胶布拙劣地拼凑出来的
酷似人类的小碎片。

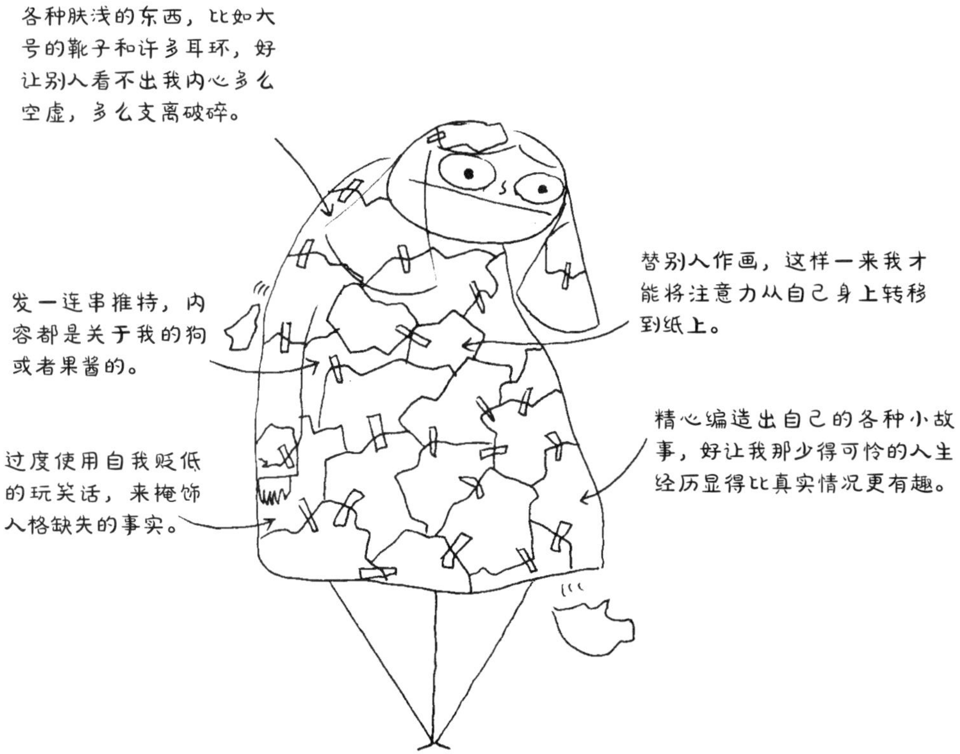

噢，我真的真的不知道自己属于哪里，该和什么样的人在一起，以及我身体侧面为什么有这种凹凸不平的东西。

但至少，一幅拼图里会有不止一个碎片。我知道自己很可能不是唯一一个在轻度迷茫中蹒跚前行的人。这个想法让我稍微有些欣慰……多少有点儿吧。

哎，我觉得我的生活里有太多东西，又好像什么都没有，所以生活到底是什么？
是条狗
你的话怎么总是那么对呢？！！

就业指导师
现今……职业道路……略……各种和十五岁少女无关的信息……略……略……大学……
所以，你以后想做什么？
想当就业指导师。
滚出去。

# 我的简历

教育经历：2005-2011

悲惨挣扎，然而所获甚少

工作经历：

没有哪份工作有助于我获得想要的职位

很特别、很特别的技能：

- 搞砸一切
- 旷日持久的无能
- 在任何时间，从轻微到极度衣冠不整
- 骂脏话，词汇量大且富有创意
- 有容易崩溃的倾向
- 无法控制面部表情
- 这是一只放屁的猫

你觉得五年后
的自己是
什么样的？
请给我几分钟。
奋笔疾书
奋笔疾书
奋笔疾书
奋笔疾书
奋笔疾书
奋笔疾书
写完了
你只是把“果酱”这个词翻来
覆去写了六遍，还是写在从旧
比萨盒上撕下来的小纸板上。
没错。
呃啊！

我要当个背包客，踏上发现
自我的冒险之旅。

我要冥想，清理自己的思绪，
好重新与自己建立起联系。

我要学一大堆新东西，
往自己脑子里填满各种
有趣又积极的信息。

我要纹丝不动地站着，小小地崩溃一番，原因是自己这么令人乏味，这么一无是处，而且没有做出一丁点努力来改变现状或者帮助自己，因为哈哈哈哈那么做实在太累了我承受不了。

是的，我在这里很安全。是的，我孤独到了绝望的程度。不，你闭嘴！

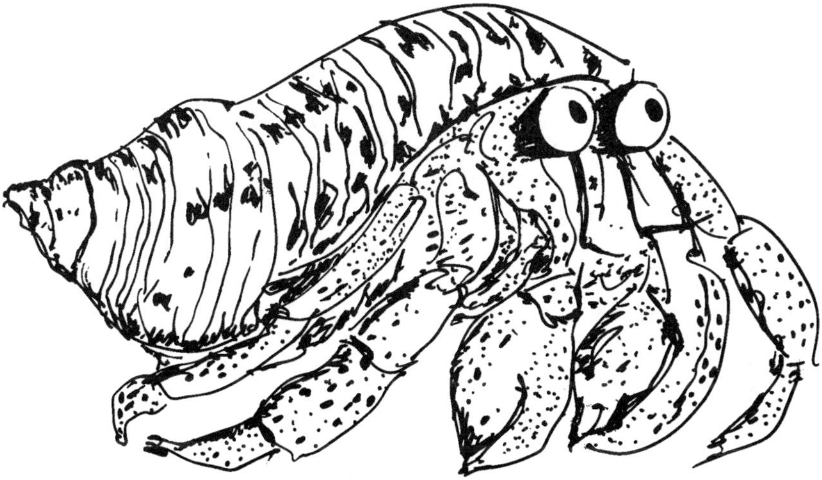

每当我担心某件事情的时候，

我就去担心某件
更大的事情。

这样一来，我担心的第一件
事就显得没那么大了。

于是我就有两件事要担心了，
但这样一点好处都没有。

你大概也不知道
你自己是谁，对吧？
我是~~女王~~上帝。

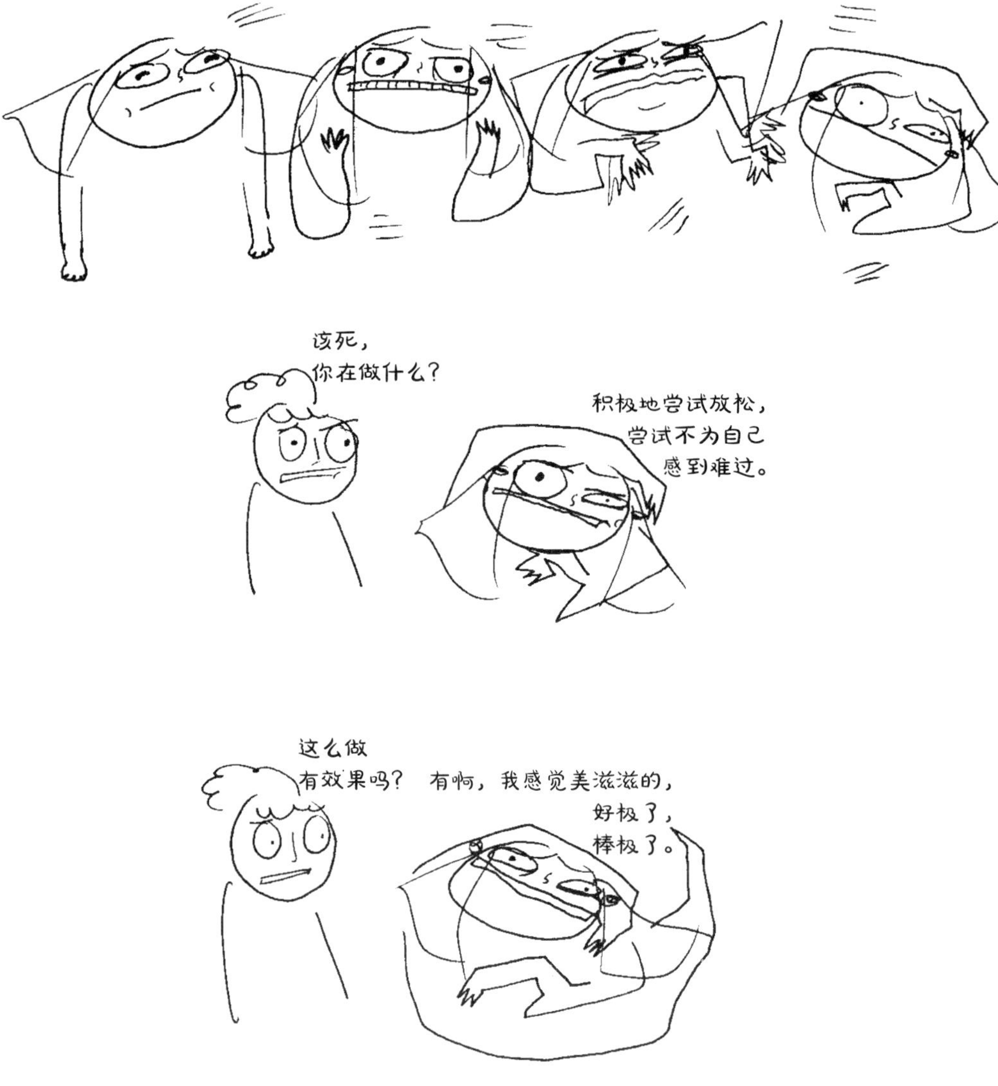
该死，
你在做什么？
积极地尝试放松，
尝试不为自己
感到难过。
这么做
有效果吗？
有啊，我感觉美滋滋的，
好极了，
棒极了。

我站在一个人头攒动、光线昏暗的房间里，这里的大多数人我都不认识。对于这么多人而言，房间似乎有点小了，挤在里面不舒服，就像我现在穿的这条裙子一样。音乐喧嚣震耳，吵到你根本不可能听清别人在说些什么，可奇怪的是，当你环顾四周，却发现有一半的人在这里混得如鱼得水，一脸“我完全听清了你在说什么，我在好好考虑你的话”的表情，还用点头来显示“我很感兴趣”。另一半的人则已经满脸厌烦，懒得相信他们了，干脆继续谈论准备众筹制作的低清电影，以及在泰国当背包客的经历。我们都在享受欢乐的时光，谁在意办这个傻聚会是谁的点子呢？

有时候，我真希望每个人出现在这样的聚会上时，都能保持两小时前在家里的模样：上身穿着睡衣，下身穿着旧运动裤，刚刚刷完又一季的《权力的疯狂纸牌屋》，还用了半个小时心不在焉地从裤子上摘掉过期的干玉米片。我只是觉得这么做大家都能节省很多时间。两个人相遇的时候，不需要再照例问一遍“你是做什么的”这种废话，也不用费神编造一通让自己看起来不那么古怪的东西，只要指着对方身上的玉米片，心照不宣地说“哈，瞧你”就行了。

可直接或间接地，人们总是在提问：你是谁，在做什么，喜欢什么，对于某件事有什么看法——而关于那件事，像你这么蠢的人往往没什么看法。人们理所当然地觉得你有这些问题的答案，因为你是个成年人。每次我遇上某个拥有鲜明人格的人，都会有些畏缩，因为我很难搞清楚自己究竟是什么人。由于糟糕的自尊心和疾病缠身的青春期，我感觉自己活得像个难以解答的问号，而世上的人看上去都特别胸有成竹。我一直在辛辛苦苦地尝试，慢慢把足够多的“我”的碎片聚拢到一起，建立新的“自我”，那种可以用来给自己定位，找到社会归属的自我，可以呈现给外部世界的自我。我已经建立起了几个这样的自我，与以前相比，我确实觉得自己活得更像一个人了，但那股挥之不去的空虚感还是跟着我，就像一个被嫌弃却黏着人不放的小坏蛋。它时不时用短小有力的手指狠狠戳我的信心，在上面戳出洞来，让我觉得自己仿佛是一小块可悲的瑞士干酪。

我只知道，我不能执着于与他人进行比较，也不能以违背自我的模样而活，这两种生存方式都害人不浅。尽管说起来有些可怕，但我只能从此时此刻所在的位置出发，抓牢自己已经得到的东西，同时谨记和别人一样，我有自己的人生轨迹，这毫无问题！另外，我觉得没有谁每时每刻都活得那么清醒明白，只是有些人更善于伪装罢了。

能说会道的狗

# 我的盘子里
# 有很多东西

又一天，又一次午餐时间，
我真希望自己能想吃什么就吃什么，
而不是惨兮兮地嚼一大盆叶子。

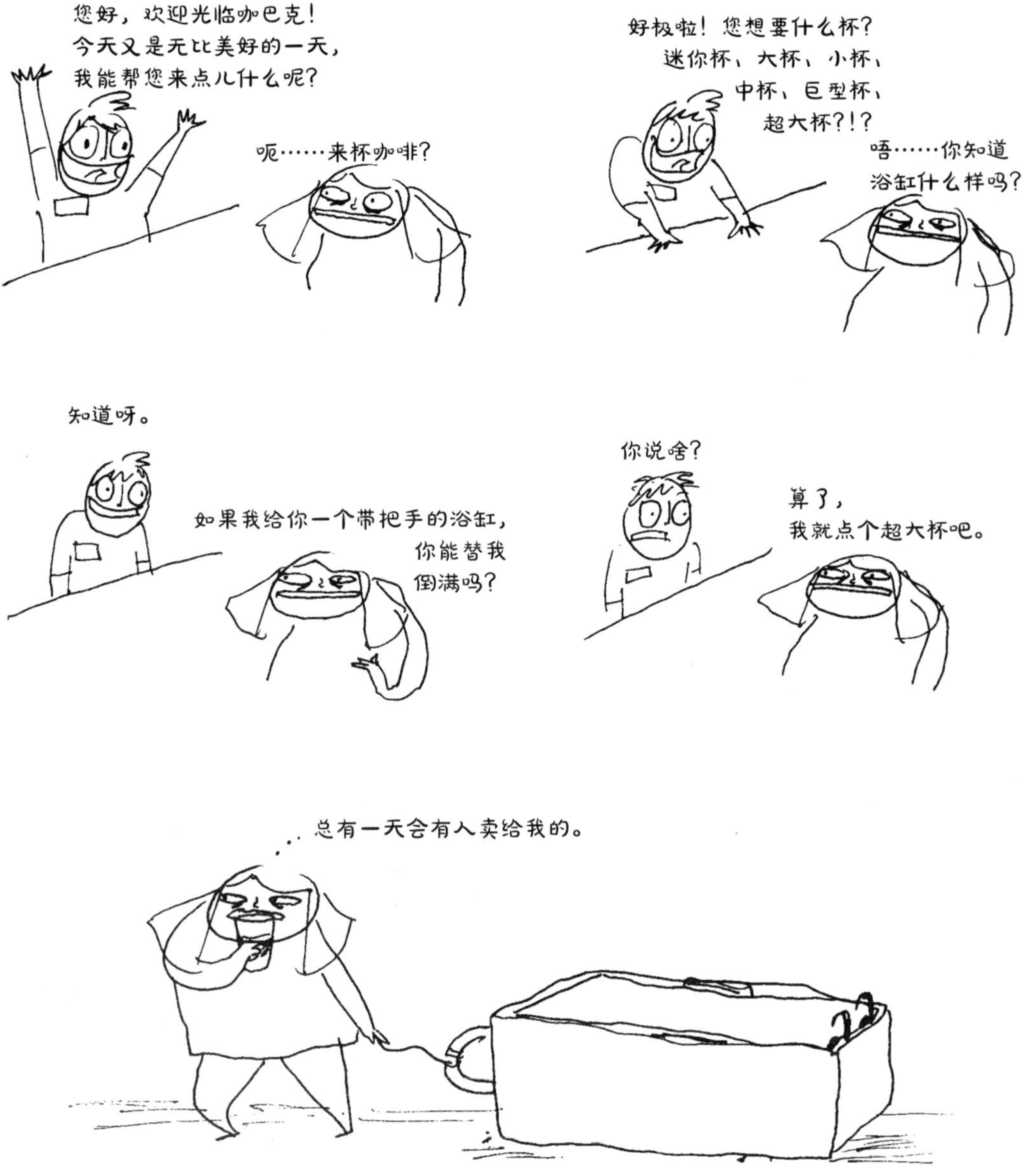
您好，欢迎光临咖巴克！今天又是无比美好的一天，我能帮您来点儿什么呢？
呃……来杯咖啡？
好极啦！您想要什么杯？迷你杯、大杯、小杯、中杯、巨型杯、超大杯？！？
唔……你知道浴缸什么样吗？
知道呀。
如果我给你一个带把手的浴缸，你能替我倒满吗？
你说啥？
算了，我就点个超大杯吧。
……总有一天会有人卖给我的。

# 我的胃

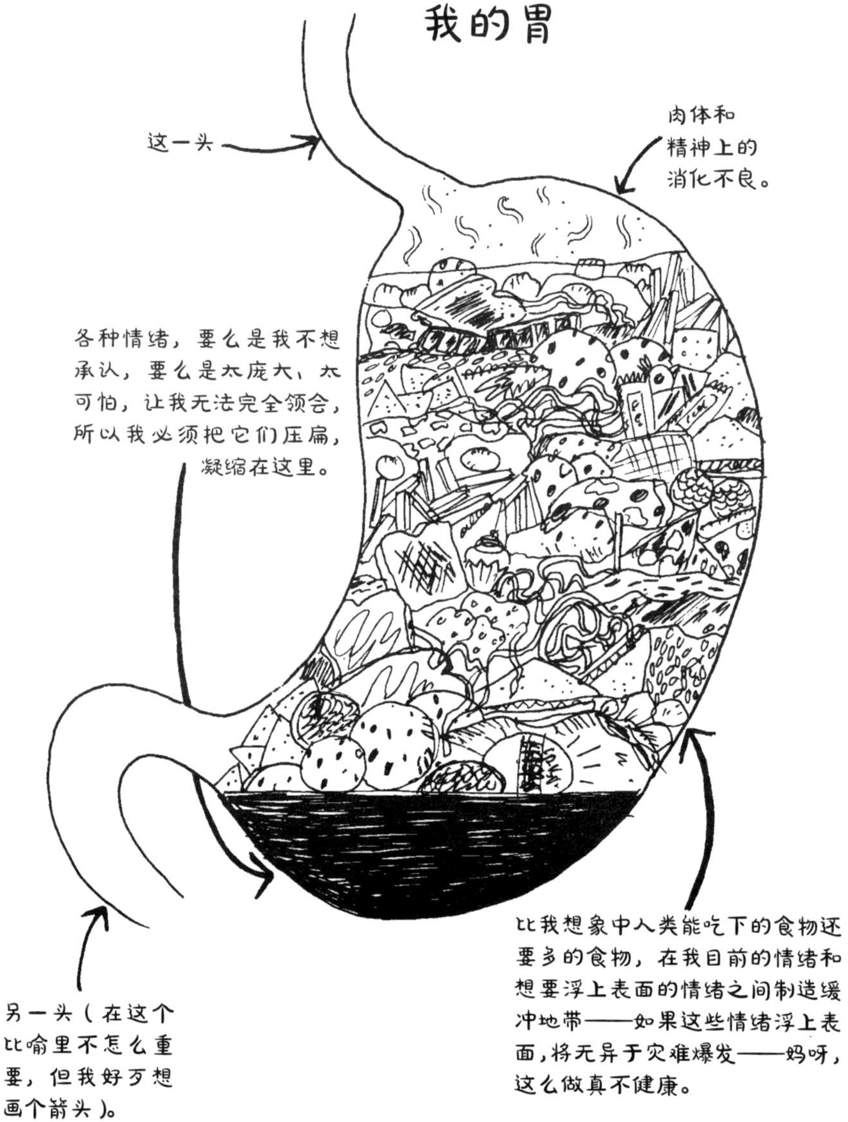
这一头
肉体和精神上的消化不良。
各种情绪，要么是我不想承认，要么是太庞大、太可怕，让我无法完全领会，所以我必须把它们压扁，凝缩在这里。
另一头（在这个比喻里不怎么重要，但我好歹想画个箭头）。
比我想象中人类能吃下的食物还要多的食物，在我目前的情绪和想要浮上表面的情绪之间制造缓冲地带——如果这些情绪浮上表面，将无异于灾难爆发——妈呀，这么做真不健康。

（极其讽刺）

关于进食障碍
的饼状图

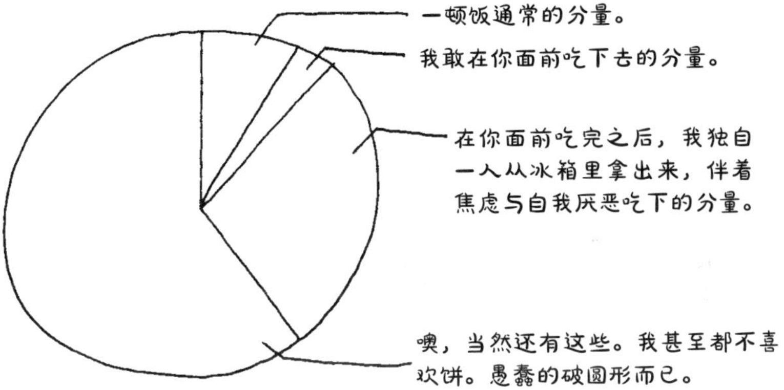

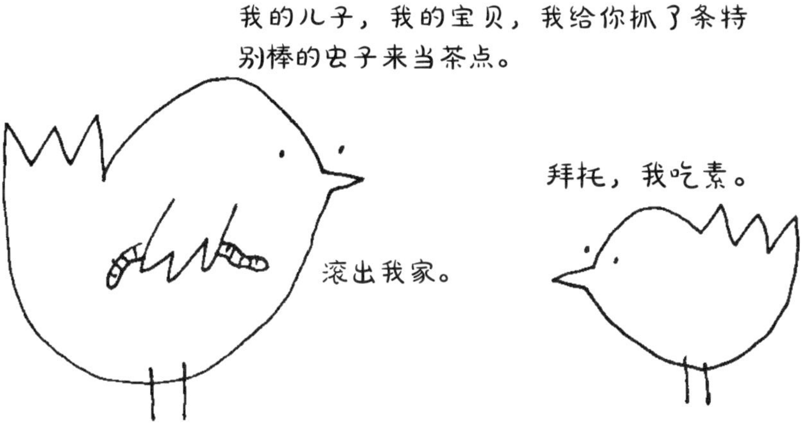
我的儿子，我的宝贝，我给你抓了条特别棒的虫子来当茶点。
拜托，我吃素。
滚出我家。

①②两处为作者故意拼错。

③英文中“light”既有“轻”的意思，也有“光”的意思。

## 饥饿

哦，我发现我正在
经历饥饿这种
生理感觉。

## 经前饥饿

谁都别挡着我！我快死了！
我的胃是个无底洞，
我能把整个
太阳吃下去！
对，现在马上就要，
不然我绝对要暴毙了！

## 理想的魔法能力

能精确无误地估计出
意大利面的分量。

我想要的就是这个，只有这个——以后不用每次做完意大利面，都盯着锅里剩下的一坨悲惨的黄色面条，痛苦地咒骂自己连一点小事都做不好。

* 限制性条款：以上的声明~~也许不能必~~然不能完整并确切地反映出我与食物的复杂关系。而且多年来的进食障碍与暴饮暴食给我留下了很深的心理阴影，让我特别在意自己的盘子里能放什么，不能放什么。
不过，得啦，你得试试用一句话总结所有的内容嘛……

购物

女人们！看这里！
这排货架上放着的，是针对你们猛烈营销的低脂、低卡路里、零麸质、百分百有机、百分百没味道的狗屁食品，你们非吃不可。
巧克力！炸薯片！美味极了！
把我们都买下来，待会儿你就会备受罪恶感的煎熬，觉得自己丧心病狂，必须回到另一边的货架跟前。
SLIM BICS!
LO-CAL JOY FREE SOUP
YUM
BROCCOLI CRISPS!
You're fat flakes!
CHOC
XL CRISPS
BIG OL CHEESE BRICKS
PIZZA BITES

# 金发姑娘和三只熊（和暴食症）

不知道多久以前，有个叫金发姑娘的女孩，她一不小心走进了林子里的一间房子。她晃悠到厨房，看到那儿的桌子上放着三碗麦片粥。

她久久地盯着麦片粥，命令自己不要吃它。可她越是告诉自己“不能吃”，就越是想吃。

最后，她终于还是坐下来吃掉了第一碗麦片粥。

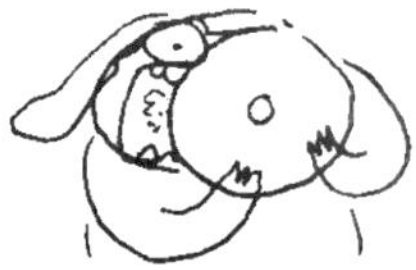

然后，是第二碗。这回她连勺子都懒得用了。

等喝完第三碗粥，
金发姑娘已经饱了，
被食物和罪恶感撑着了。

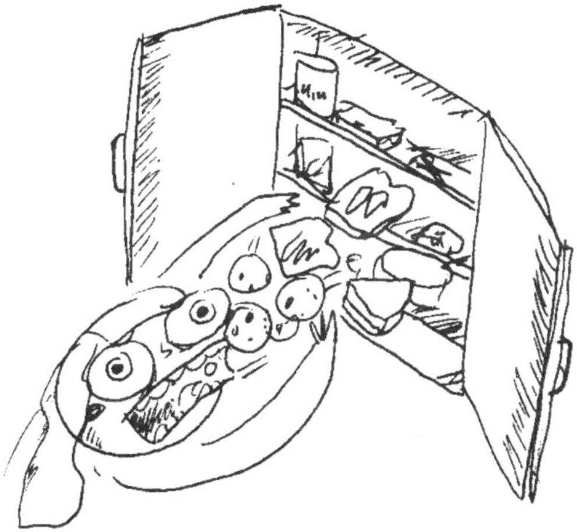

这令她非常恐慌。她一把拉开厨房里碗橱的门，
把所有能吃的东西都塞进了嘴里。

房子的主人们回家以后，发现它们的厨房宛如轰炸现场。
它们开始寻找入侵者，
然后看见金发姑娘跌跌撞撞地从卫生间走了出来。
它们当然非常愤怒。

三只熊决定立刻吃掉她。可是当她一屁股坐在地板上，
开始大哭的时候，它们停了下来，
因为它们没法直视这么一顿惨不忍睹的食物。

幸运的是，最小的那只熊有心理学学位，
碰巧还是一名事业有成的注册心理咨询师。
它温柔地牵起金发姑娘的手，指了指床，
觉得躺下歇一会儿能让她好受些。

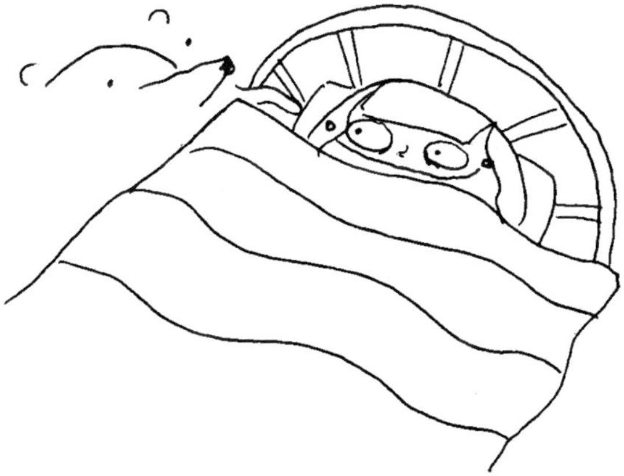

“乖。”它说。
“好好休息一会儿，对自己好一点儿，
你这只古怪的无毛熊。”

可你看上去不像有进食障碍，你不瘦啊。
那你看上去也不像有台烤面包机啊，女士。从你身上，我看不出任何有烤面包机的迹象。
进食障碍就像面包机。你只是盯着一个人看，是看不出他有或者没有的，这没用的。
哦。
对不起了，朋友。
没关系，我现在想来点烤面包。

# 还没准备好

你好，这是一通假电话，你正在摧毁自己的身体，你的喉咙都快被撑破了，你所有的钱都花在了买食物和买药上，而且这些药是用来让你别吃那么多食物的。胡吃海喝已经绑架了你的人生，你必须停下来。

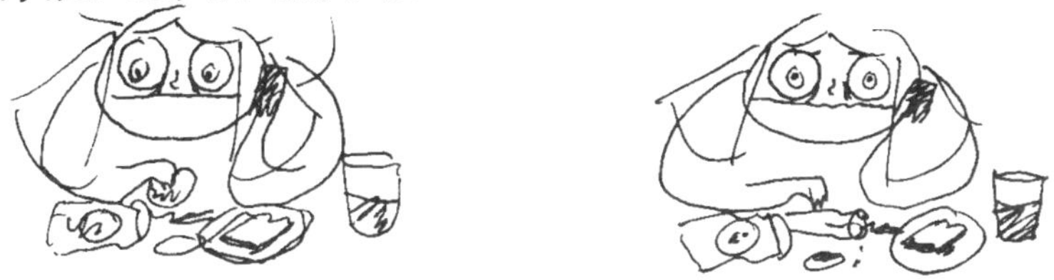

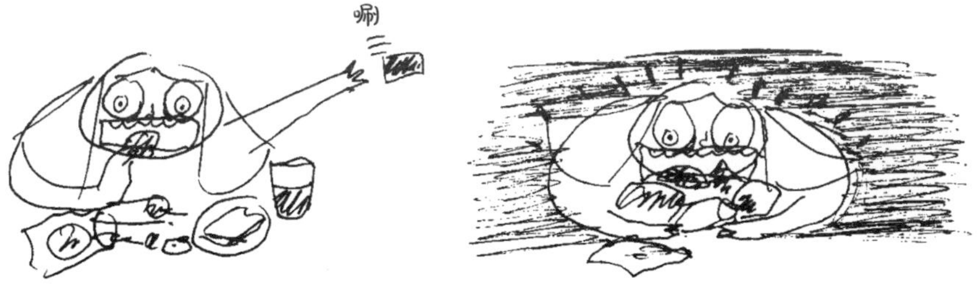

关于患有进食障碍是什么体验，我该从何说起呢？我可以坐在这儿，给你讲一大堆自己神经性厌食症、食欲亢进和暴食症发作时的可怕故事。因为我经历过那一切，我有从小到大各种尺码的衣服。可是，如果你也有过进食障碍，那些经历在你听来就十分熟悉了。如果你没得过这毛病，我也不愿意朝你倾吐一大堆惨兮兮的事，说来说去，不过是体重急剧减轻或卡路里过量罢了。这些症状只是一种非常真实又复杂的精神疾病，以看得见、摸得着的方式体现出来而已。我想把重点放在肩膀以上的部分，放在进食障碍如何影响你的脑瓜上。

所以，暂且忽略我不是专业的神经系统专家这个事实（震惊吧！），咱们就管这个叫“思维”吧。（是，我知道，我本来可以画个大脑的，但我才没空去画那个弯弯曲曲、乱七八糟的东西。）

典型情况下，思维应该是被一大堆东西占据的——各种想法和观念，希望和恐惧，重要的人际关系，你感兴趣和感到厌恶的事物，曾有的经历以及为尚未经历的事情留下的一点点空间，还有漂浮在这些东西之间的日常琐事。

在右下方的角落里，我放了几项生理功能，这些是人们为了活下去而运行

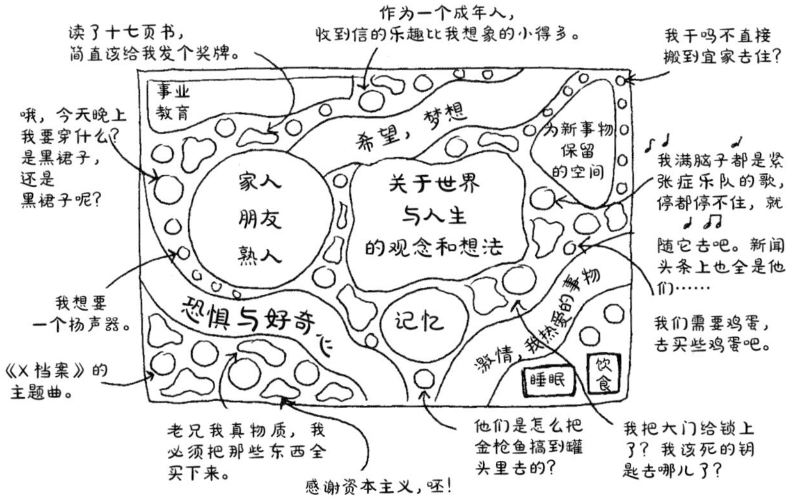


的程序。它们不会占据太多思维空间，因为它们是非常直接的行为。我们累了就想休息，就想睡。我们饿了，大脑就会叫嚷着“喂，蠢货，给我来个三明治之类的”，于是我们就吃个三明治，然后该干吗干吗。

我觉得，人们常常怀有一种误解。一些人有进食障碍，并不是真的因为他们想减肥。没错，这种病常常被定义为对体重和食物怀有近乎病态的执着，以及围绕食物做出极端甚至十分危险的行为，但这些纯属生理方面的表象，透过它们体现出的是隐藏在表象下深深的心理抑郁。这就是为什么把神经性厌食症描述为“因减肥而节食过了头”是不准确的，认为暴食症和食欲亢进是因为懒惰和面对食物意志力薄弱也是不准确的。这些都是精神疾病。

我最初患上进食障碍是在十四岁那年。我不打算详细说自己得病的原因（那是另一码事，非常复杂），但非常突然又非常迅猛地，神经性厌食症占据了我的身体与心灵。过了一段时间，我又开始对抗暴食症和食欲亢进，此后的许多年里，我一直在这几种病之间摇摆。我的身体情况有时很糟糕，有时会稍微好些，但我的精神始终处于相当混乱的状态。

当我因为这些病苦苦挣扎的时候，脑子里是这样的：

就像老师在课堂上做的那样，我拿着尖尖的棍子一指。是啊，请看这里，正如你所见，这块小小的“想吃三明治、做个三明治、吃下三明治”的区域疯狂膨胀，把其他关于我、造就我的事物都挤到了思维的边缘地带，它们的重要性被进食和一大堆与进食相关的焦虑和自我厌恶淹没了。我几乎没法余出一丁点思维空间或精力给其他东西。对我而言，这就是进食障碍最令人痛苦的特质之一，你会完完全全被那种恐惧吞噬——你正在吃什么或没在吃什么的恐惧。

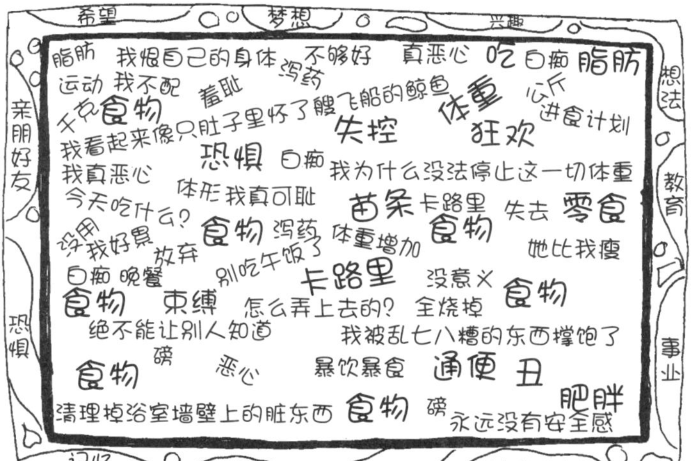

连续好几个月，当同龄的朋友都在担心学习成绩或是在应付有生以来第一次宿醉时，我只是坐在家里或医院里的桌子后面，对着一碟芝士三明治泪流满面，仿佛有人正强迫我吃下一盘生锈的钉子。数不清有多少次，我推掉和朋友的聚会，拒绝新的工作机会，只是因为我得和冰箱里的东西以及洗手间进行重要会晤。这简直像世上最可悲、最令人孤立无援的全职工作。

对于“痊愈”这个词，我向来持谨慎态度，特别是涉及这一类病症的时候。在我看来，这个词毫无必要地制造出了“生病”与“健康”的对立，然而应对

进食障碍，从这种病手中夺回正常生活不是一个线性的过程，而是混乱的，充满了大量过渡阶段的康复过程。我曾经总是抱有幻想，希望自己某天一觉醒来，发现一切回到了健康快乐、闪闪发亮的正常状态。我也想跳过喝绿茶、只吃一小把健康的燕麦片，然后鼓起勇气去谈“我的健康之旅”的过程。

可打击人的是，这些过程在生理上、行为上以及心理上并非同步发生的，所以在很长一段时间里，我的身体可能还算“健康”，但我的行为，与进食障碍相关的想法在思维空间所占的比例依然极度令人沮丧。另外一些时候，我对周围发生的一切已经有了深刻而重大的体会，并且形成了健康积极的想法，却仍然无法用这些想法来克服根深蒂固的强迫性行为。终于开始取得真正的进展时，大脑中原本被进食障碍占据的地方，现在只剩下巨大的空虚，我不知道该如何填补这个可怕的大洞，因为在那么长的时间里，我脑子里的其他东西都被排挤得不复存在了。

基本上，我想说这种病的康复过程极其复杂，而且耗时长久。它包括一系列的尝试、战斗，以及微小的胜利（尽管我当时并没有觉得兴高采烈）——头一次，我没有逼迫自己喝下滚烫的黑咖啡，而是横下心想“去他的，我就是要加些非低脂牛奶进去，这很正常，并不荒唐”。头一次，我在别人面前吃下了一顿正常分量的饭，而不是一盘明显在表示“噢，我其实不怎么饿”的沙拉，当晚还带着这一肚子饭上床睡了觉，没有去卫生间吐掉。头一次，我打开橱柜，一心想将里面的食物扫荡得片甲不留，却关上柜门，出去散了个步，回来时头脑就变清醒了。这些事情看似无关紧要，但对于一个进食障碍患者而言，这就像你转过身，给了多年来一直追赶你的大怪兽一脚，正好将它踢进了泥坑。这些瞬间不是像顿悟一样，也不代表板上钉钉的“我已痊愈”，因为下一回遇到同样的事，我也许就控制不住了。再下一回，我也许只能管住自己一点点。它们不是终点，是微妙却重要的突破点。慢慢的（慢得不得了的那种慢），这些瞬间将一再重复、出现和汇集，越来越多的生活小事也跟着出现和汇集，将人生的天平推向更加正常的一侧，不论是在生理上还是情感上。

自我第一次被确诊以来，已经过去了八年。我的大脑经历了重新填充自己的过程，这个过程旷日持久。我至今仍有一些残留问题，有时也会艰难挣扎，但除此之外，我的脑子里还有太多太多别的东西，而且世界对我张开了怀抱，我也遇上了各种各样新奇有趣的事物——假如进食障碍还主宰着我，我是不敢奢望这些的。基本来说，比起对着一盘三明治生出古怪的情绪，我更有能力把自己的生活放在更优先的位置上。今时今日，我对此感到很满意，觉得有这种感觉就够了。

## 一月减重指南

扔掉一切减重指南，
那些破玩意儿可重了。

现在
流行
鹰嘴豆泥

坏的刻度

好的鳞片[1]

我往这上头砸了块砖。

①原文中“刻度”与“鳞片”均为Scale，意在双关。

我的心思要花在更重要的事情上

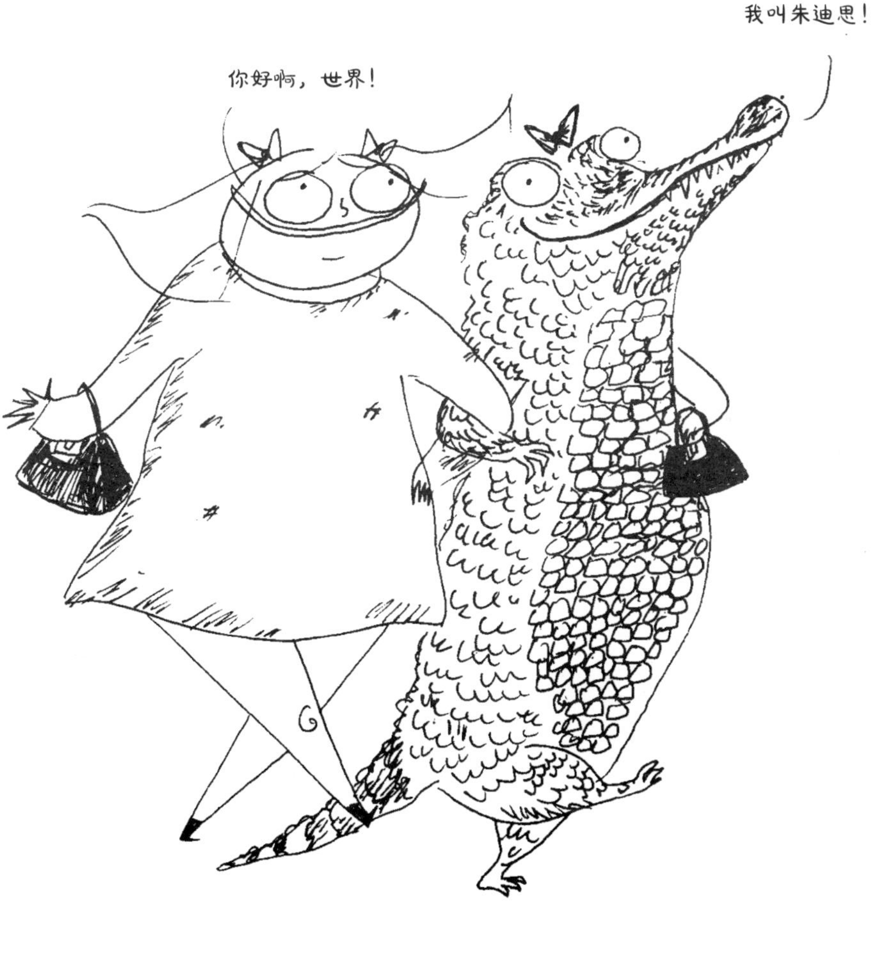

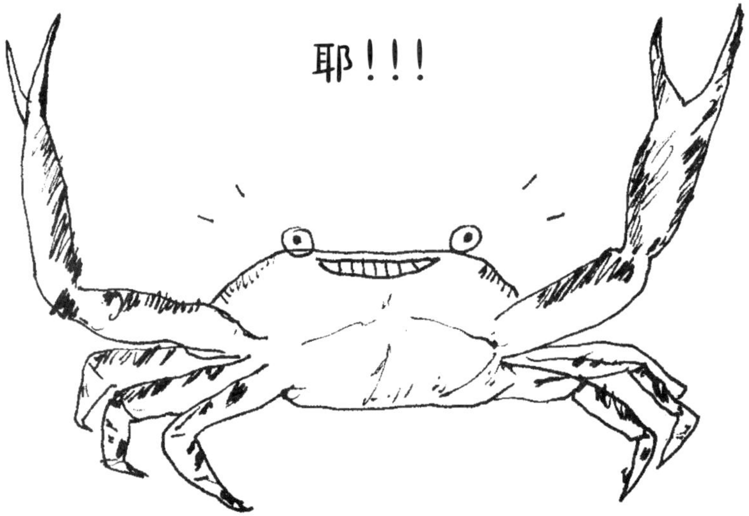
耶!!!

啊，脸，

咱们又见面啦

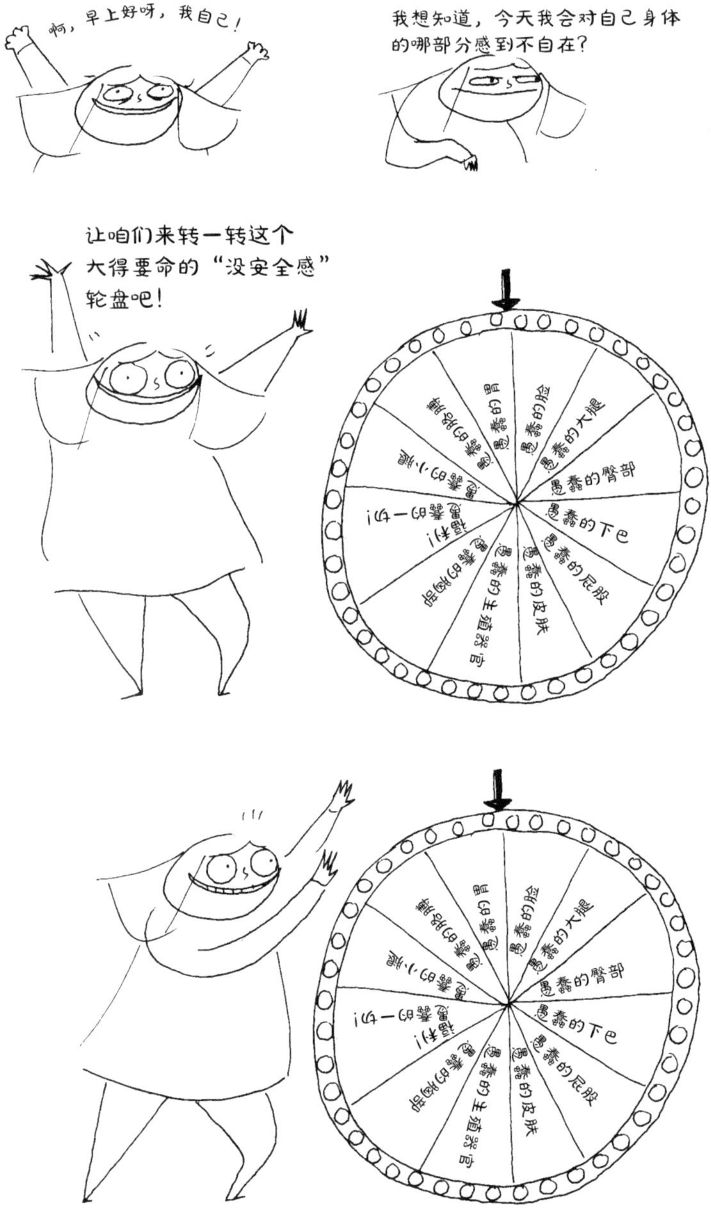
啊，早上好呀，我自己！
我想知道，今天我会对自己身体的哪部分感到不自在？
让咱们来转一转这个大得要命的“没安全感”轮盘吧！
愚蠢的颈
愚蠢的大腿
愚蠢的臀部
愚蠢的下巴
愚蠢的屁股
愚蠢的皮肤
愚蠢的生殖器官
愚蠢的胸部
搞砸了！愚蠢的一切！
愚蠢的小腿
愚蠢的胳膊
愚蠢的胃

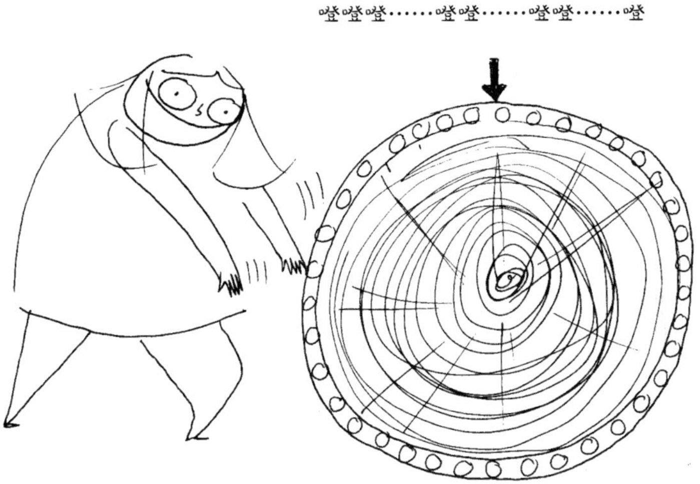
噔噔噔……噔噔……噔噔……噔

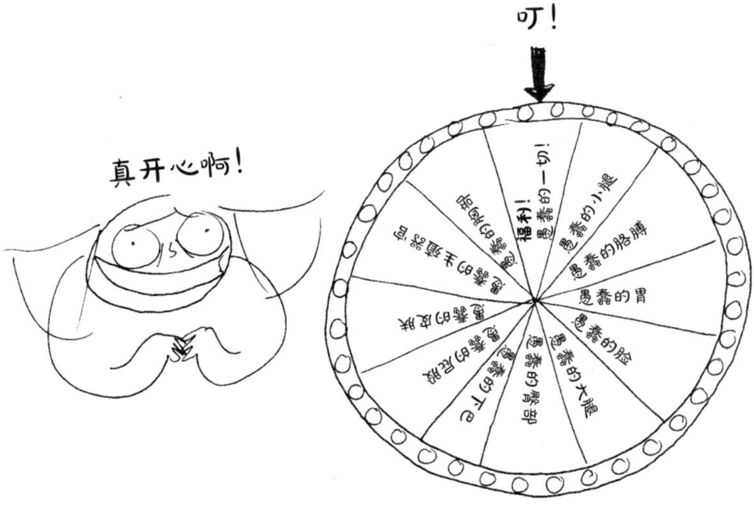
叮！
真开心啊！
福利！愚蠢的一切！
愚蠢的小腿
愚蠢的胳膊
愚蠢的胃
愚蠢的脸
愚蠢的大腿
愚蠢的背部
愚蠢的下巴
愚蠢的屁股
愚蠢的皮肤
愚蠢的胸部

太短

太长

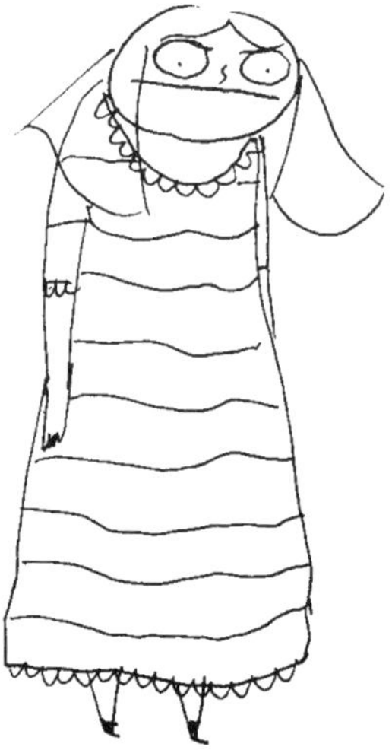

太紧

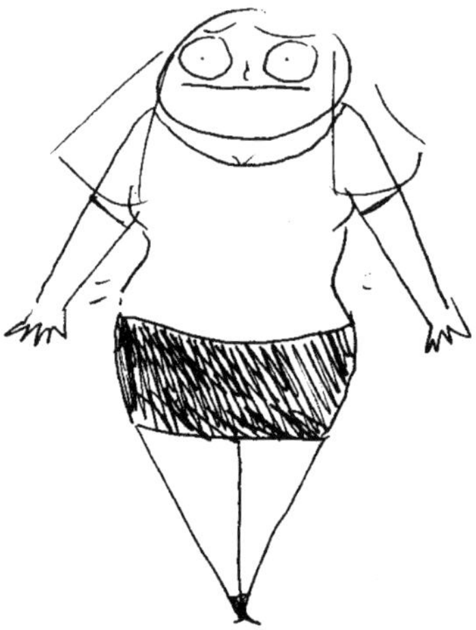

太松垮

太花哨

不够花哨

完美的服装

我真是可爱
可爱可爱极了

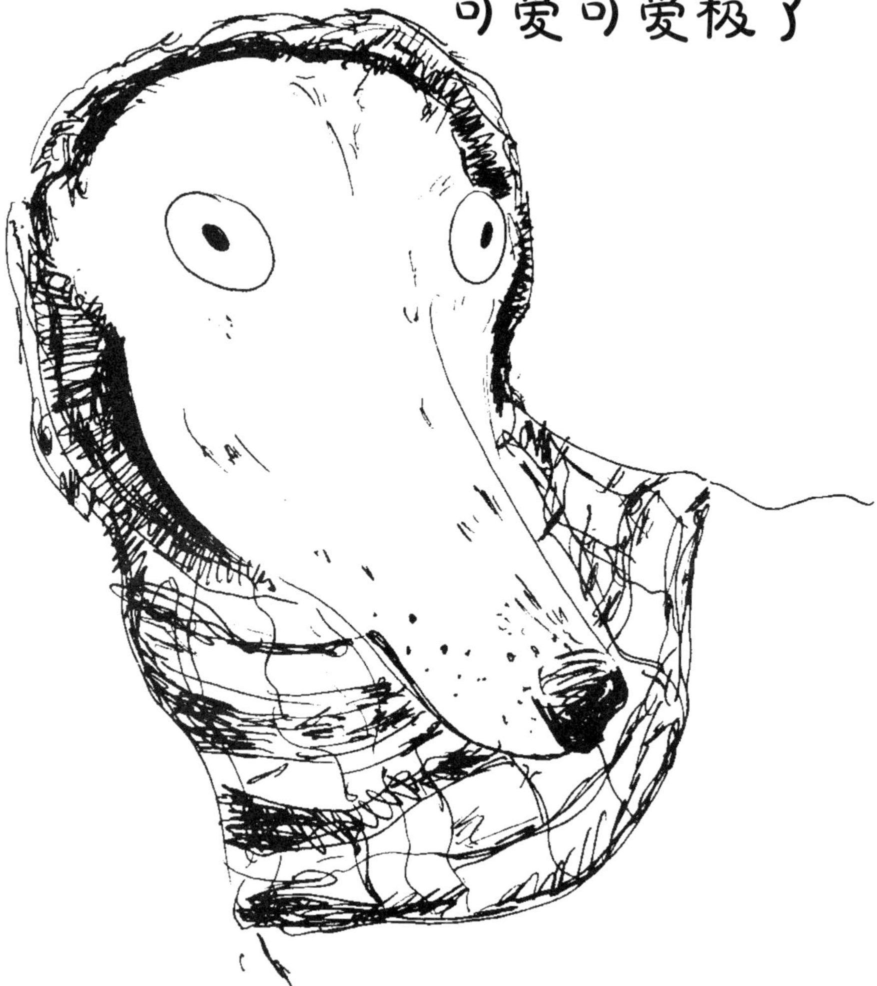

# 女孩子出门必备的小东西!!

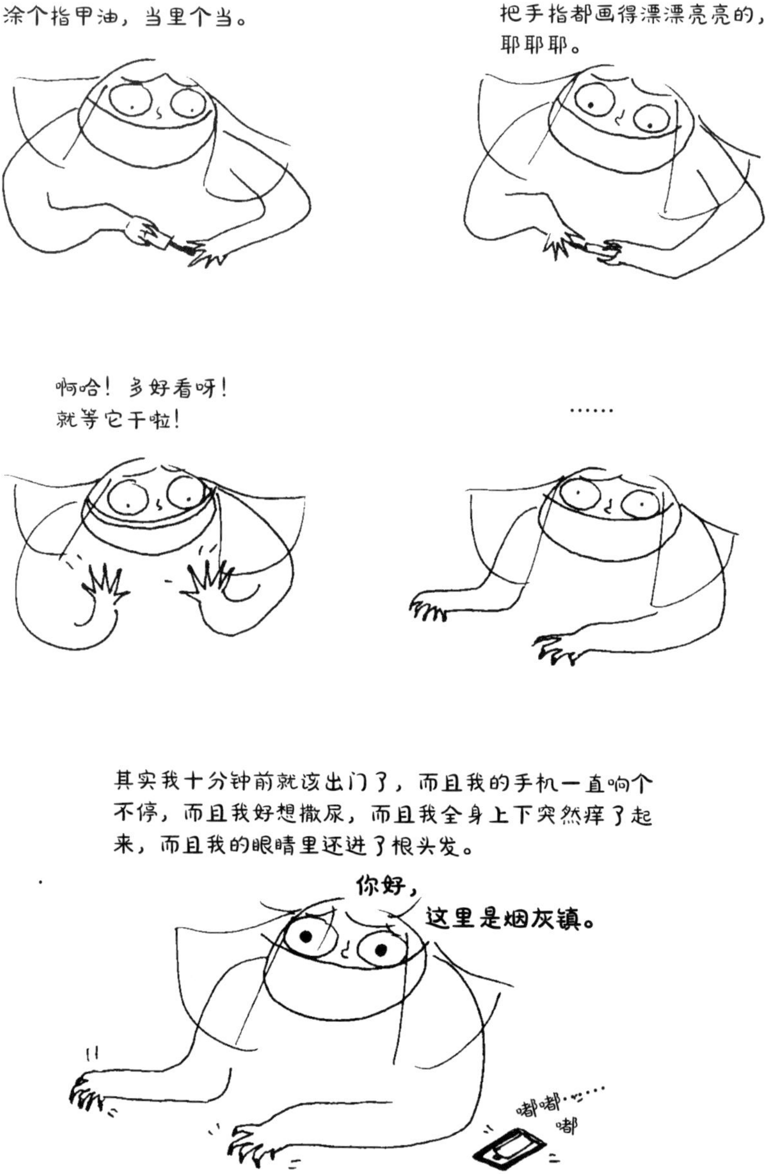
涂个指甲油，当里个当。
把手指都画得漂漂亮亮的，耶耶耶。
啊哈！多好看呀！就等它干啦！
……
其实我十分钟前就该出门了，而且我的手机一直响个不停，而且我好想撒尿，而且我全身上下突然痒了起来，而且我的眼睛里还进了根头发。
你好，这里是烟灰镇。
嘟嘟……嘟

普通

优雅

我最喜欢天冷到可以穿上大衣的时候了。这样一来，我的衣兜里就能塞下钢笔、薯片，甚至还有一块大石头，我想装什么就能装什么。没人知道我的衣服底下是什么，我就是个巨大的黑暗威胁，这是我一直梦想着当一回的人物。

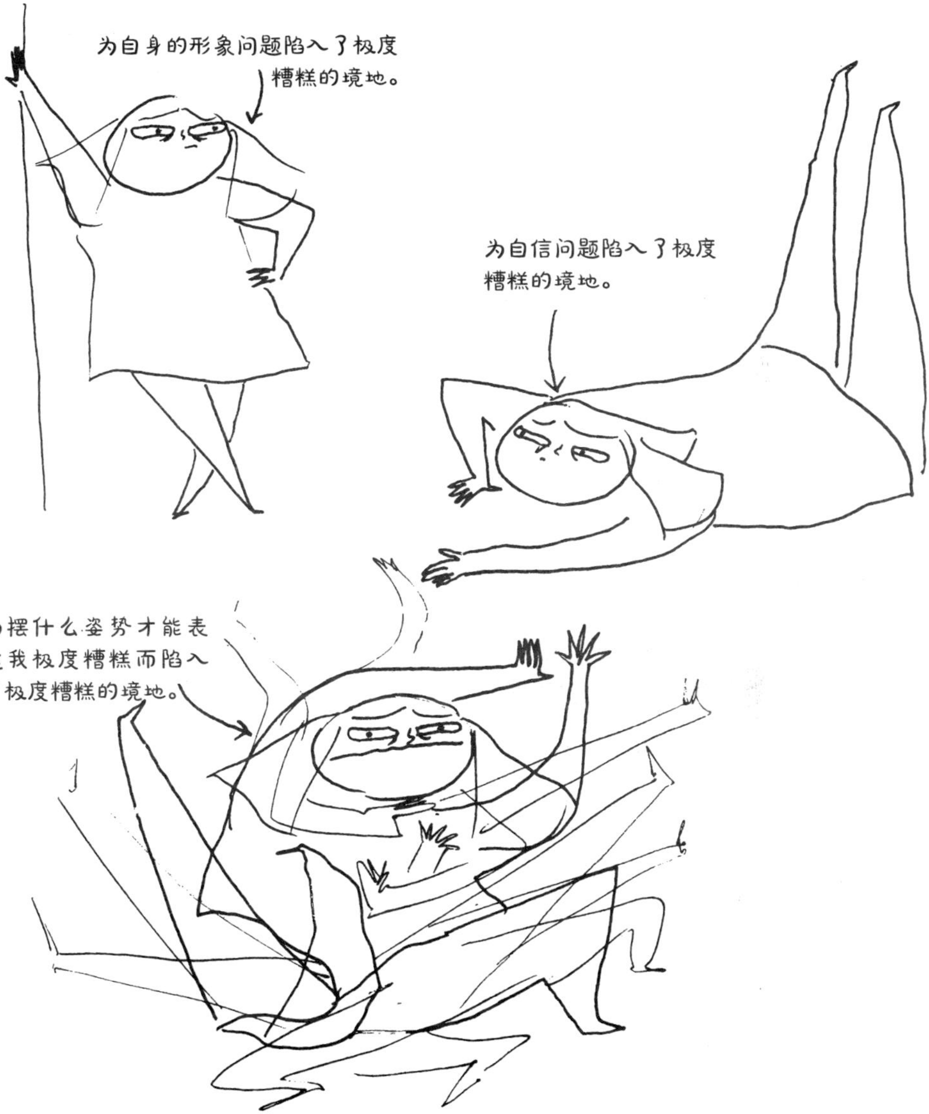
为自身的形象问题陷入了极度糟糕的境地。
为自信问题陷入了极度糟糕的境地。
为摆什么姿势才能表达我极度糟糕而陷入了极度糟糕的境地。

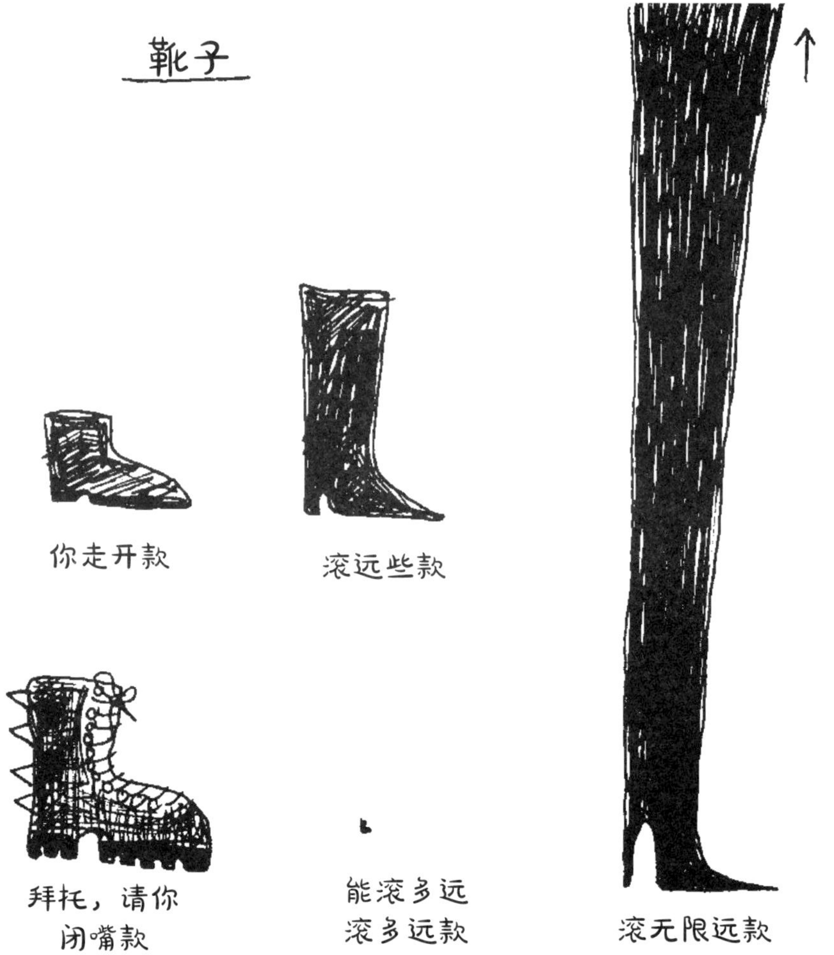
靴子
你走开款
滚远些款
拜托，请你闭嘴款
能滚多远滚多远款
滚无限远款

## 其他人的护肤理念

每天喝二十八升水（必须是从某座山上汩汩流下来且未经过滤的纯净水，当然了，也必须不含麸质）。

使用各种各样的洗面奶、爽肤水、凝胶、去角质霜、面膜，这些东西全都能抗衰老、抗氧化、抗省钱，并且是用独角兽的精液制成的。

## 我的护肤理念

一瓶面霜，好吧，我也不知道它到底是啥，但无所谓了。

# 购买胸罩

## 又名：摧毁人类灵魂的终极活动

所以，我要说几点，关于：

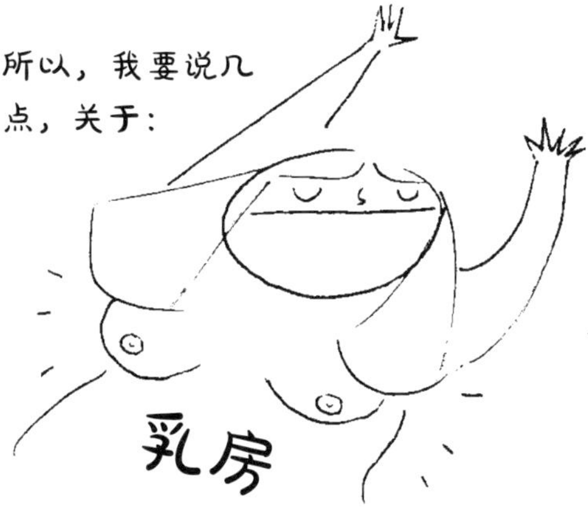


它们简直奇怪死了。

我的意思是，它们很棒，可这么做到底是为了什么？

乳房只想自由自在。

可出于某些现实的原因（比如说，我不希望只要我走得比爬得稍微快一点儿，它们就飞起来砸到我脸上），我只好把它们关进拴在我肩上的胸罩监牢里。

市面上的胸罩尺码体系复杂难懂，那是一组由字母和数字构成的古老又几乎无法辨认的代码。又该一边在衣架上迅速翻找，一边低声咒骂了。

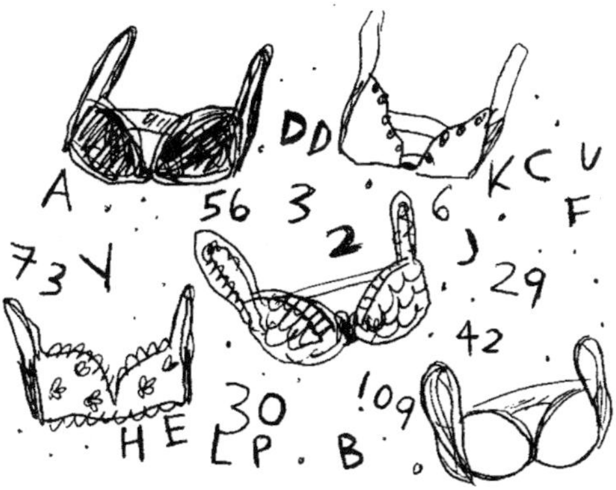

我抓着一大把胸罩，蹒跚着走向试衣间。要找试衣间很容易，只要我闻到哪个方向正飘来汗水与愤怒的气息，就朝着那个方向去，然后跟着指示牌走就对了。

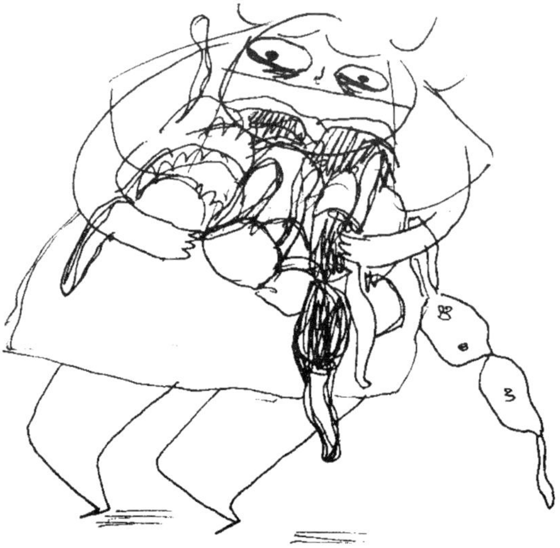

等我踏进那个挂着帘子的地狱盒子时，
乐子才正式开始……

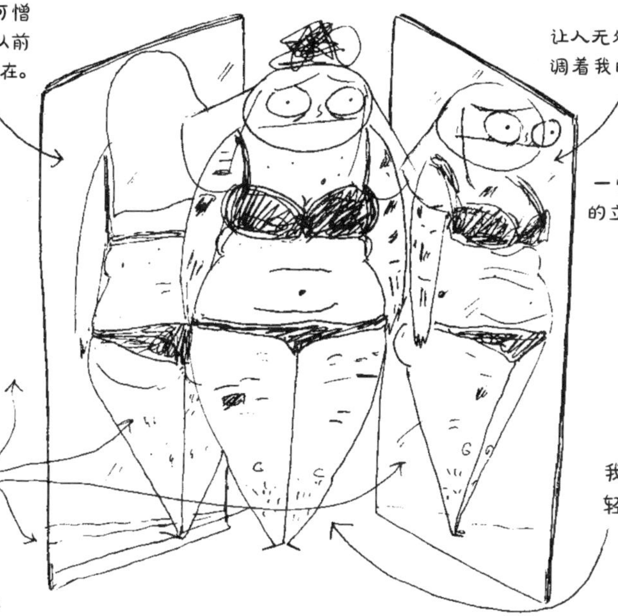


而这一切，还仅仅是在
我绑上那该死的胸罩之前。

关于选胸罩可能出哪些错，
我大概能说出八千六百九十三条来。
以下只是其中的寥寥数条。

#37 肩带太勒肉。

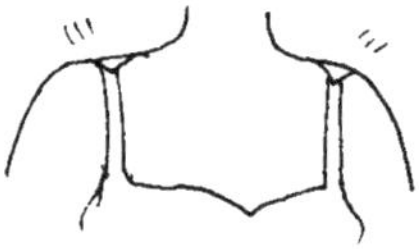

#602 胸罩太小导致乳沟摇摇晃晃，还会勒出可怕的四个乳房。

#4462 看着不错，但价格能买一艘小型游艇了。

#3 背带的尺寸不对。

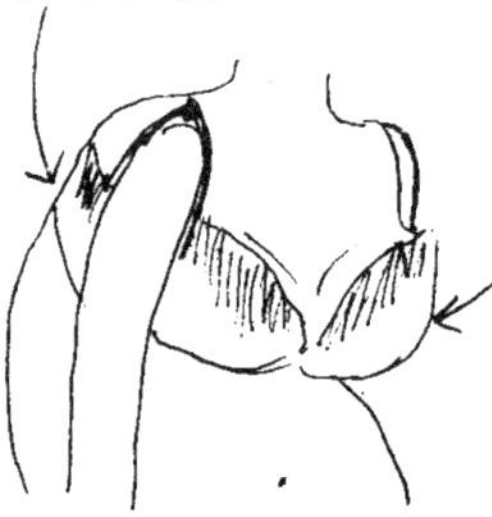

#10 罩杯太大，能再塞进几个柠檬或一根特趣巧克力棒。

#80 有太多那个了。

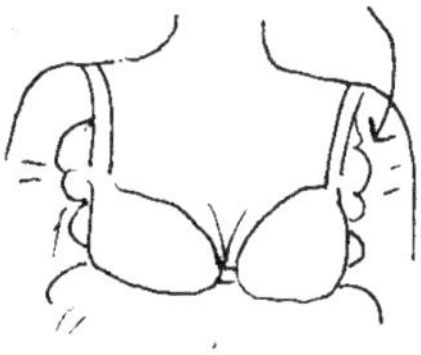

#81 这款又太缺那个了。

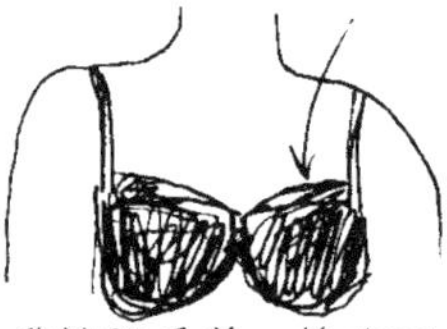

我这胸看着，简直可以在二十世纪三十年代的电影里演个女舍监。

#551 至于这个究竟是什么东西，能产生各种各样的误解。

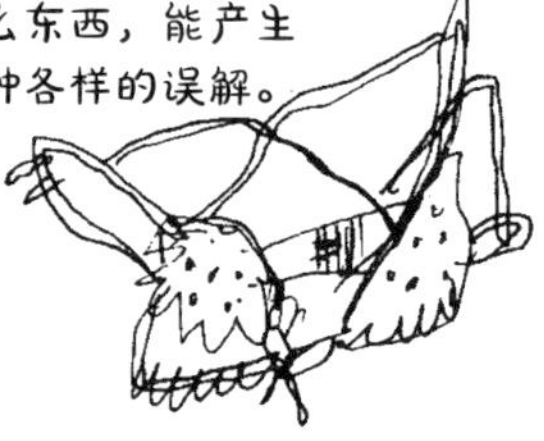

我不停地戴上又扯掉这些破玩意儿，持续了二十分钟后，我不得不一屁股坐在地上，蜷缩成一个绝望的球，然后小哭一场。

摧毁灵魂成就达成！

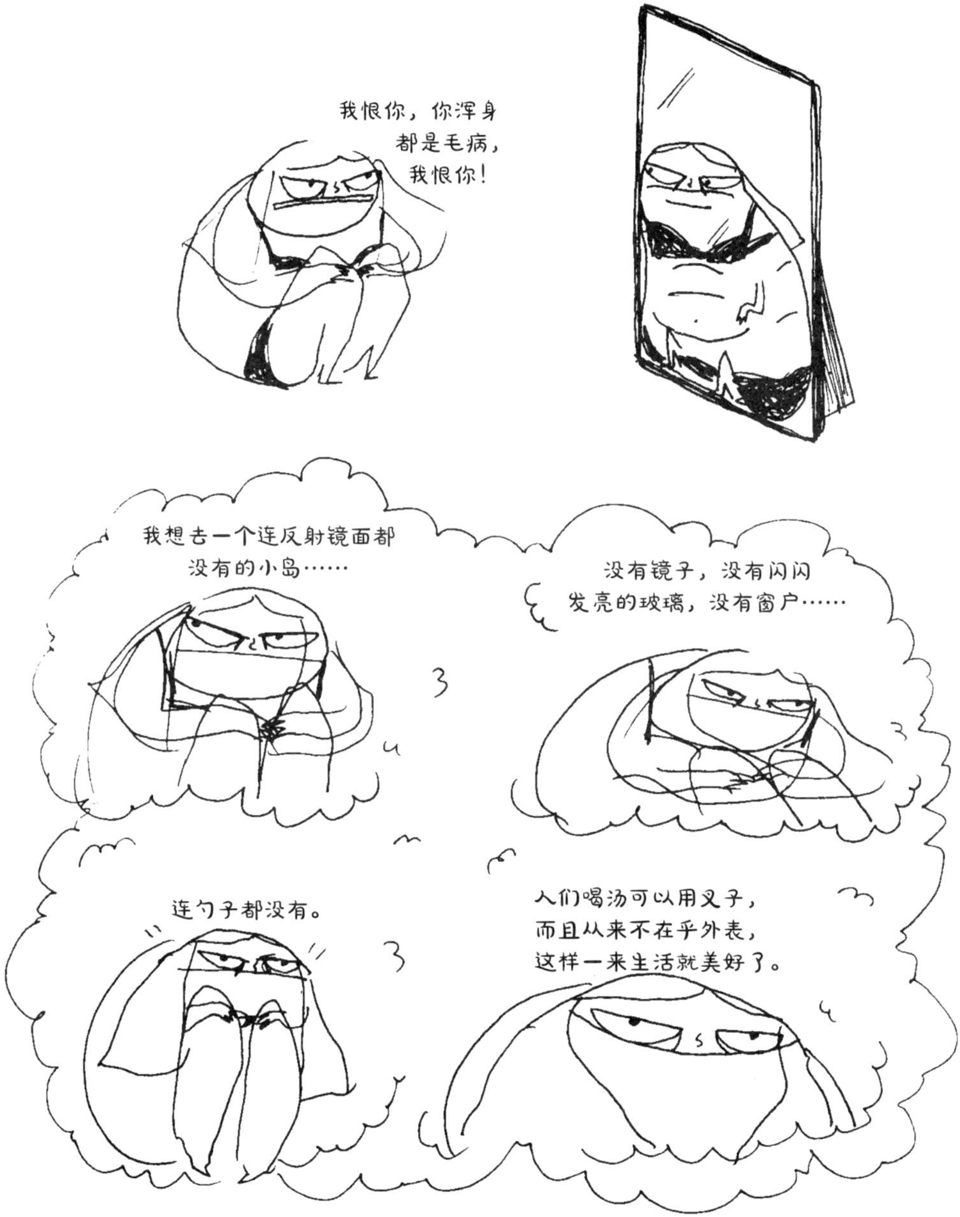
我恨你，你浑身都是毛病，我恨你！
我想去一个连反射镜面都没有的小岛……
没有镜子，没有闪闪发亮的玻璃，没有窗户……
连勺子都没有。
人们喝汤可以用叉子，而且从来不在乎外表，这样一来生活就美好了。

我恨自己的外表，就像长期陷于一段没有爱的情感关系。我的身体本该只是供我居住和四处行走的皮囊，不时补给水、果酱和抗抑郁药的对象，但这些年来，它渐渐反过来，变成了一个每时每刻给我带来不安与恐惧的巨大源头。别误会我——我其实很喜欢在镜子前站几个钟头，在脑海里将自己的外表缺陷列成一张该死的综合清单，也很喜欢在出门前连试超过八套衣服，直到挑出一套让自己看起来不那么像个土豆的。这么打发时间真是太愉快了。

即便我没有因为进食障碍对自己的外表长期抱有成见，一个人要搞清如何看待自身形象也是件难事。当然，在美容瘦身行业强行灌输给我们的各种有害无益的理想榜样面前，无论男女都难以幸免，它们作起恶来不分对象，但作为女人，我的体验是这样的：一方面，我们永远在为长得胖、长得不好看暗自羞耻，因为社会（错误地）将这二者与懒惰、无价值画上了等号。另一方面，我知道“蝴蝶臂”是什么意思，比知道“厌女症”这个词更早，这已经能说明一切了。然后，社会又在给我们灌输另一种稍微新鲜点儿的理想榜样：爱自己，别为你的外表感到不自在，你唯一正确的存在方式是与身体建立和谐健康的关系。这是既让我们减肥，又让我们放纵。我们不可以肥胖，但可以丰满、肉感（不禁打个寒战），前提是我们还处在大众审美认为“好看”的范围内。你可以对自己的外表感到满意，前提是你在社交网站上发了张把健康的蛋白粉撒在鼻涕般的绿奶昔上的自拍，还要配上这样的图片说明：“准备出门慢跑十七英里！”掌控该如何看待自己身体的心态，就好比在大风里走钢索，一不留神就会掉下五十英尺下的深渊——这是一项不可能完成的任务。

人们从各种各样的地方获取自我价值感——你完成的事情，你有过的经历，朋友对你的肯定。而我的问题是从很小的时候开始（随着年龄增长更是如此），

想找件合适的黑衣服穿，
尽管我所有的衣服都是一个颜色的。

我的大脑就决定，要把我的身体当作评价我整个人的主要依据。一切都是非黑即白、两极分化的。当我觉得自己看着“还行”的时候（我其实可以做份长达一百页的文件来向你阐述“还行”是什么意思，但不会很有趣），我就是个不错的人。我可以允许自己拥有一些自信，至少自信到足以穿戴妥当走出门去，出现在其他人类周围。我掌握着控制权。但是，当我发现有哪里“不对劲”、自己外表不行的时候，我就成了个糟糕的人。“糟糕”是轻描淡写的说法，我其实想说“一个可怕的、大型车祸现场般的混蛋。甚至不是‘可怕的’，而是‘**最**可怕的那个’，有史以来最可怕的那个”。我会起不了床。我会取消各种计划。我会感到失控。我不仅仅是感觉很糟糕，是真的会变得很糟糕。

我做的每一个决定、采取的每一个行动，都取决于我当天对自己的看法（顺便说一下，我如何看待自己是毫无规律可言的），这种状态使人筋疲力尽，而且极为可悲。将自我价值感与外表分离开是一项长期的工作。但关于这件事，我得出了以下一些结论。

**别人压根儿不在乎我长什么样，他们有自己的事情要操心**——没有哪个人会像我一样，对我的身体超级在意、吹毛求疵。公交车上的路人可能在犹豫要不要那么快回复别人的短信，因为这样会显得他太热切；可能在担心接下来出现在会议现场时是否会挨一顿臭骂，因为他迟到了，还一身面包渣。他们今天从睁开眼睛以来，脑子里也许一直在循环播放恩雅的《奥里诺科河》，甚至也在为自己的外表惴惴不安。我不会知道的。可我确实知道一点：除非我脱光衣服，在公交车上跑来跑去，否则人们停留在我身上的注意力不会超过几秒。所以，他们当然不会为我的大腿有多粗、脸形怎么样而感到恶心，那太说不通了。每当被害妄想症发作时，我都这么提醒自己。

**我看得越少，就看见得越多**——过分执着于外表，花过多的时间和脑力确保自己看起来“还行”，有时甚至用上十分不健康的手段，这些都令我的世界变得狭小，而且非常可悲。事情终于迎来了转机：我实在不想再追求我永远达不到的理想外表，因此强迫自己离镜子远一点，离所有能检视自己体形的东西远一点，去看点别的什么，只要是自己以外的事物就成。当然，这种思维转变不可能瞬间达成。我仍然会时不时受不了自己的脸而取消计划，仍然会坐在更衣室的地板上哭泣，因为牛仔裤实在害人不浅。但其余的时候，我能好好生活。我越是在摆脱不安全感的情况下做成些什么，就越相信自己的人生不是取决于外表的，这算是一种良性循环吧。

**所以，我的身体，有句话要告诉你：我并不是很爱你，但可以和你将就着过。**

当你的身体发生
变化的时候
（因为身体总会变化的）

以前的衣服不合身
就不要留着了。

留着也只能让
你感觉很糟。

你真的不需要光着身子
站在镜子前。

你是液态的，你能伸能缩，你是你自己的！

快看我这该死
的包，它就是
我的点睛单品。
我也不知道那
是什么意思，
不过快看啊！

很搭呀
很搭呀
很搭呀
很搭呀
很搭呀
很搭呀

# 我喜欢长着腿毛的感觉

我可以这么做。

还可以这么做。

另外，有时候我也喜欢大腿一片光洁的感觉，倒不是因为我觉得有必要剃掉、拔掉、除掉腿毛——根本没这必要——而是因为，这么一来我就是流线型的了。

就像这样

而且我还可以用自己的小腿当风火轮玩具车的坡道！

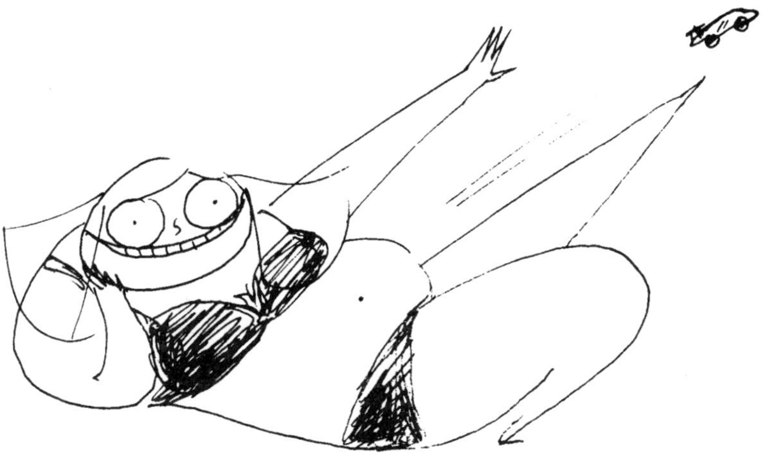

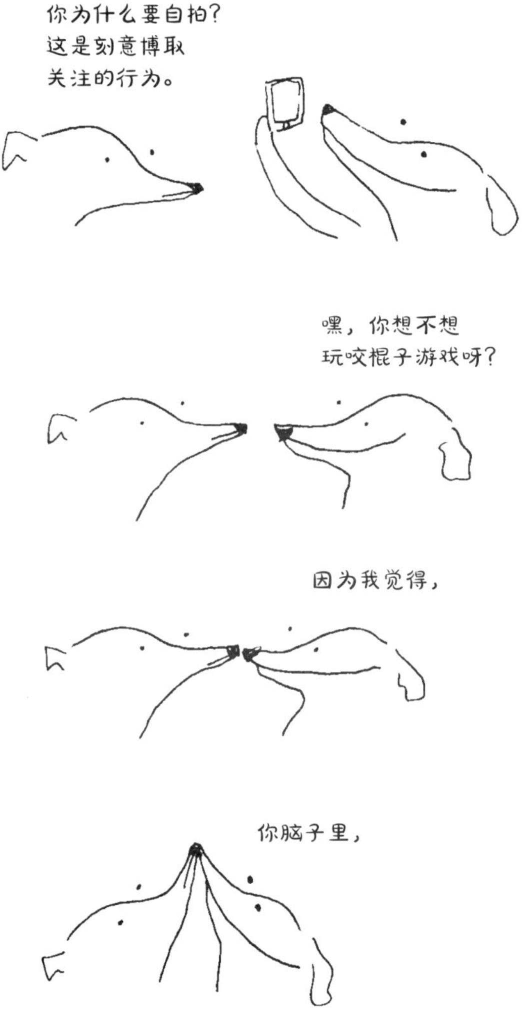

①意为“你脑子不太好”。

我在玩我的套头毛衣呢，你懂的，当我们还是个孩子的时候，妈妈就特意叮嘱过不能这么干。不过，现在我是成年人啦，对我的套头毛衣全权负责，所以我想怎么干就怎么干。

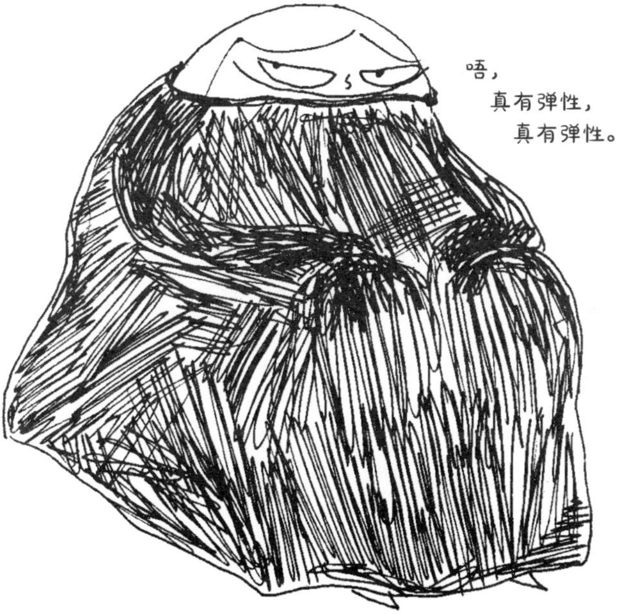

# 我是大人，郁闷大的

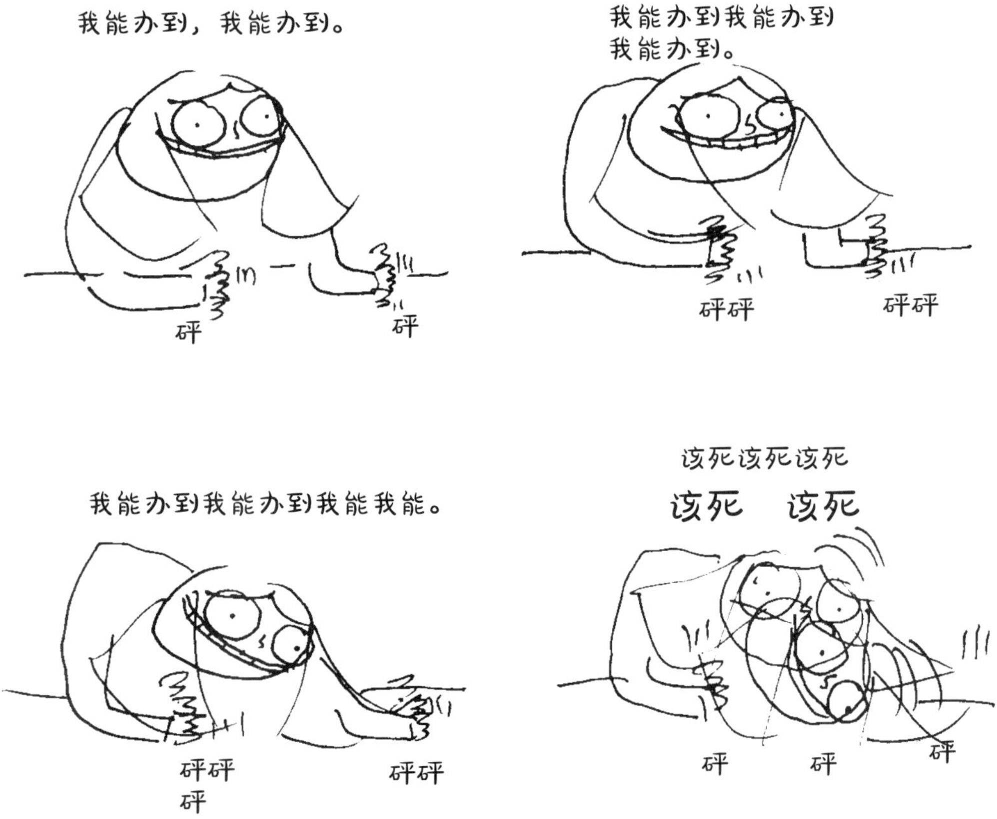
我能办到，我能办到。
砰
砰
我能办到我能办到
我能办到。
砰砰
砰砰
我能办到我能办到我能我能。
砰砰
砰
砰砰
该死该死该死
该死 该死
砰
砰
砰

人人都有拖延症，人不可能不拖延。谁让现代生活充满了数不清的社交网站呢，让你每隔十一分钟就得刷新一次呢（这么说好像显得我很老一样，我不老，我还是个孩子），但拖延这种事肯定自古有之。人们发现的恐龙化石，不管哪一种，都保持着同一个姿势：嘴巴大张，四肢恐惧地摊开——这绝不是巧合。在陨石撞击地球之前，它们一定刚刚用短小的爪子打开一个信封，看到里面装着电话账单。所以它们脸朝下趴在了侏罗纪的大地上，尖叫道："我——办——不——到……去他的，我干脆就等着变成化石，在树叶里滚来滚去好了。"

说到我自己，拖延症大多数时候都和焦虑相关。倒不是总这样——有些时候，我只是有点累，或者感觉厌烦了（顺便说一下，这不是不可以）。但更多时候，我拖延是出于恐惧，是害怕自己搞出特别大的乱子，干脆一开始什么也不做。而且令我害怕的并不是特别有挑战性的任务，只是些最基本的小事，比如收发工作邮件，打个简单的电话之类。我的大脑知道，客观来说，这些任务不算什么，甚至花不了多长时间，可面对它们的时候，我的大脑觉得调皮一下也很开心，要把它们想象成令人担心害怕的大家伙，宽十八英尺、高三十六英尺，这怪物长着粗短有力的胳膊，还有巨大的牙齿。所以，我接下来唯一合乎逻辑的举动就是脸朝下趴倒在卧室的地板上，尖叫道："我——办——不——到……去他的，还是赶紧猛刷一会儿手机，放空大脑吧。"

这甚至不仅仅是普通的单层次的焦虑，由于没法做任何事，我会产生第二层情绪：恐惧。这种恐惧之中有"好极了，之前我没做到某件事，现在所有人都**知道**我没做那件事了，他们会觉得我是个又懒又没用的混账"的想法。这种想法又会导致第三层情绪的产生，或许也是最强烈又最糟糕的那种："好吧，也许我就是个又懒又没用的混账。其他人都活得轻松惬意，而我呢，什么也做不了。

我干脆去当个山顶洞人吧。”这层自我指责和自我厌恶的情绪会加重第一层的焦虑，让我几乎不可能完成最初的任务。

我会忘记自己是有能力做事的，只不过大脑太爱东想西想。我会转而认为自己是个极度糟糕、一事无成的白痴。这种状态相当可怕，令我孤立无援。和应对类似的病症一样，我需要经历一个过程才能意识到自己陷入了这种状态，从而相信自己的判断，开始积极地进行自我调控，而这个过程无异于打一场硬仗。

好消息是，我在进步。我现在做得到了，偶尔能对内心那个非常刺耳、非常苛刻的声音说："你该滚开了。"这样我才能解决自己的焦虑问题（或试着解决）。但我确实花了很长的时间，才相信并巩固这个念头：我之所以拖延、逃避，往往不是因为懒惰，不是因为我是个没用的混账，而是因为淹没一切的恐惧感和十分低下的自尊心。这些东西你不能无视，也不能否认，它们客观存在，你在学会压制它们之前，必须给予它们空间。将这些情绪层层剥开，给它们合理的解释之后，我发现自己能更轻松地放下手机，关掉电脑上打开的五个关于“锌的历史”的维基百科页面，动手去做该做的事情。

# 艺术家的热身活动

坐到你那整洁有序，简直值得拍张照片传到INSTAGRAM上的书桌前，开始工作。

可是等等！你首先得上社交网站，看看你的同行们在画些什么绝妙大作，这样你就能~~嫉妒一番~~受到鼓舞（这个过程至少要花四十分钟）。

该开始画画啦！别忘了质问自己，你为什么要干这个，以及你画的东西是否有价值，是否能卖钱。
画画很有意思！你很喜欢！

用不了多久，你就能创作出伟大的作品了！

由咖啡、未回复邮件、脏衣服、

# 香烟和方便面构成的浪潮

我只想当只美丽的蝴蝶。

可是，不，显然不行。长大成人，
意味着一大把的责任、筋疲力尽和自我摧毁。

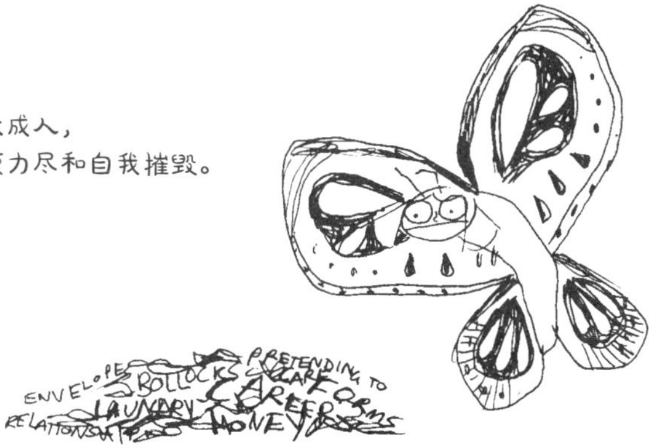


呵

这么说吧，等我长大成人，一切就会好起来。我会变得自信，不管做什么都胸有成竹，也不会这么像土豆了。
等你长大成人？你已经二十二岁了。
好吧，该死，我二十二了。
抱歉，失陪一下，我得去对着那堵墙尖叫一会儿。
不要紧。
呃，那边没有墙
呃啊啊啊啊啊

话说你平时锻炼吗？
锻炼呀。
目前我在练怎么呼吸。
练怎么把超大份芝士一口吃下去。
还有这个。

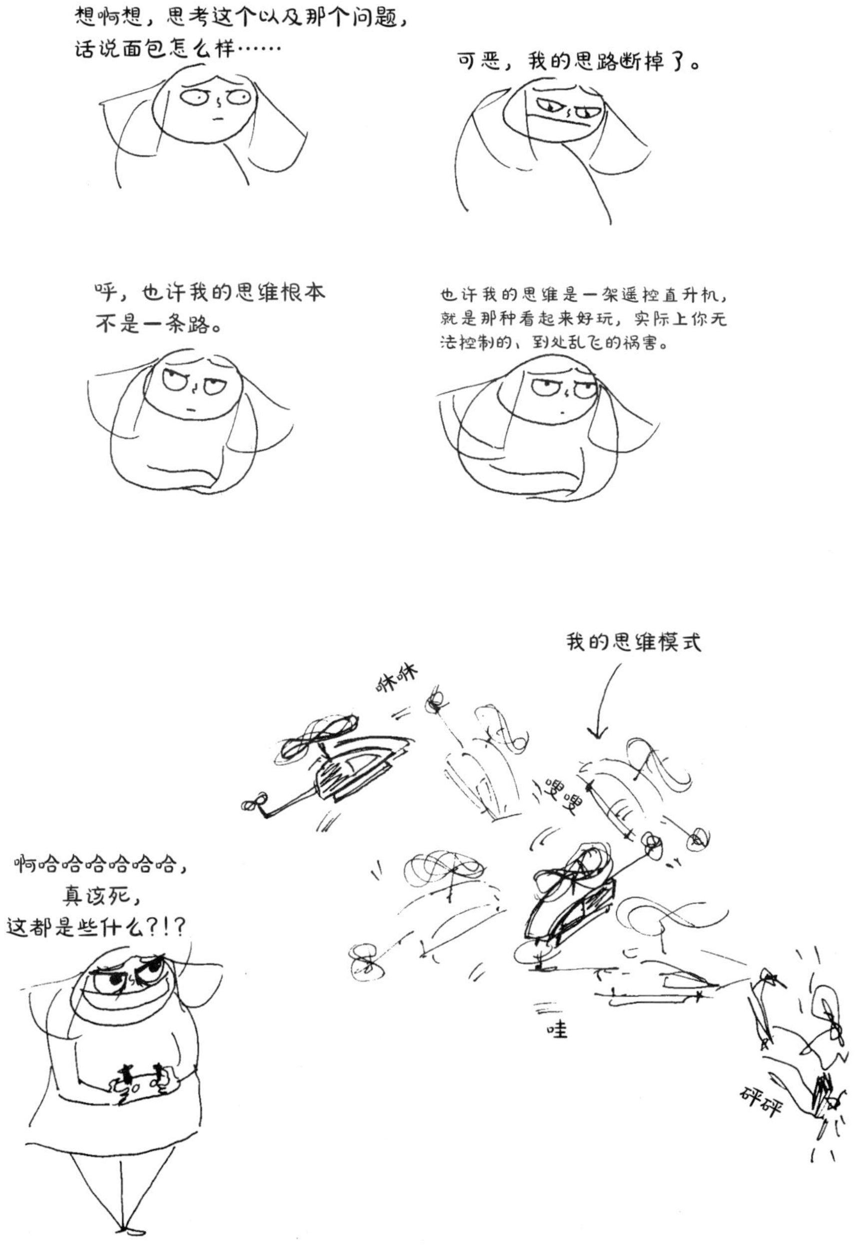
想啊想，思考这个以及那个问题，
话说面包怎么样……
可恶，我的思路断掉了。
呼，也许我的思维根本
不是一条路。
也许我的思维是一架遥控直升机，
就是那种看起来好玩，实际上你无
法控制的、到处乱飞的祸害。
我的思维模式
咻咻
嗖嗖
哇
砰砰
啊哈哈哈哈哈哈，
真该死，
这都是些什么?!?

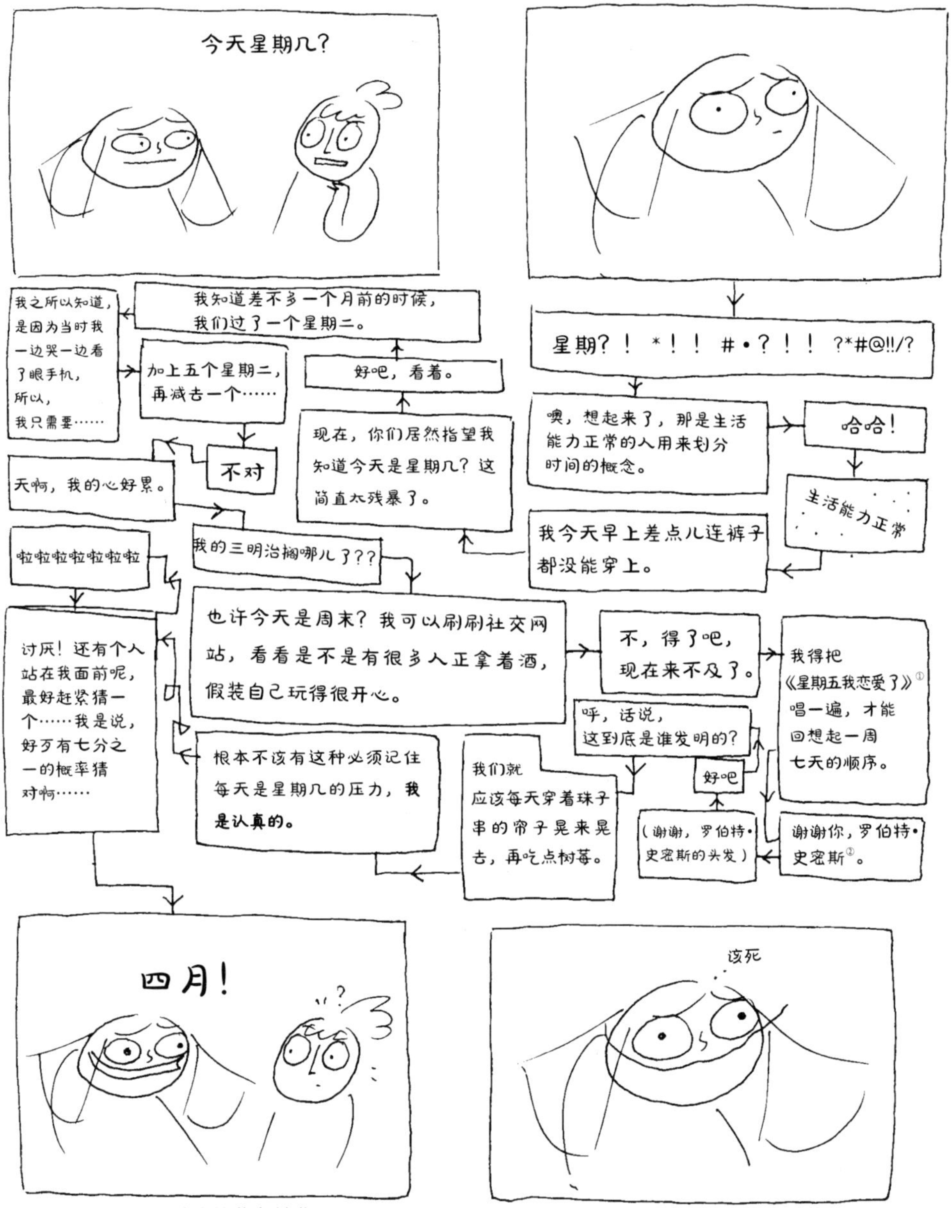


①英国 The Cure 乐队的著名单曲。

② The Cure 乐队的主唱，以一头蜘蛛网般的浓密黑发而闻名。

午睡的感觉要么很完美……

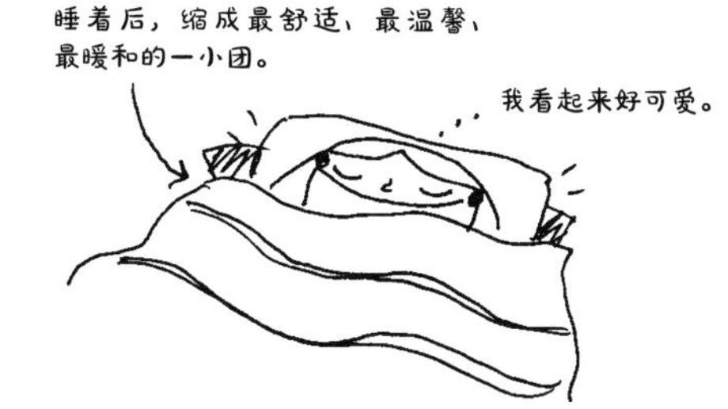


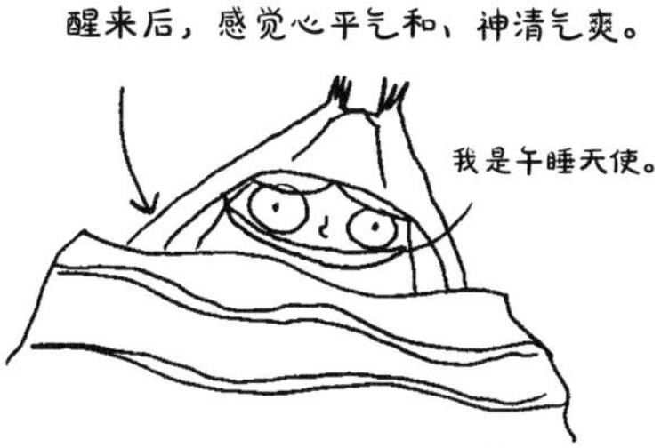


要么是一场史无前例的残酷灾难。

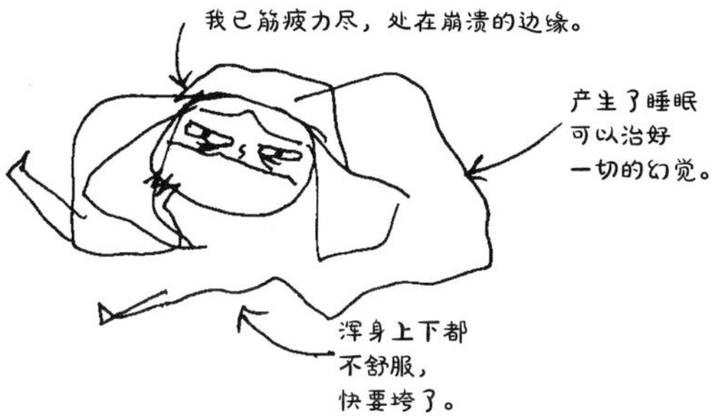


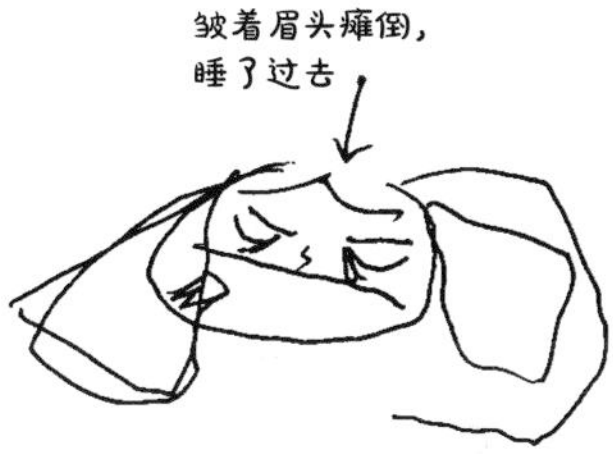


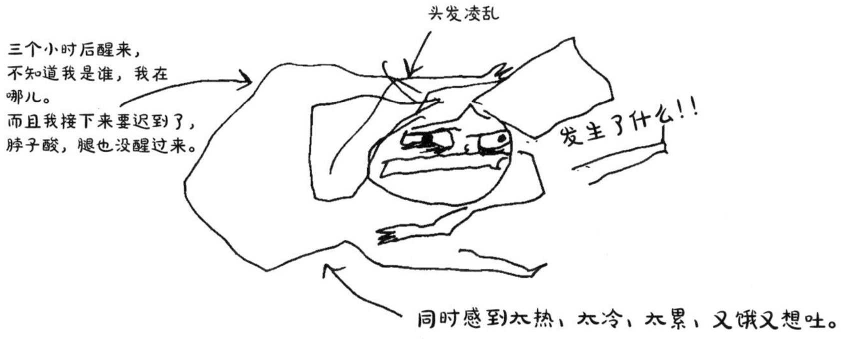


这二者没有中间地带。

话说你的生日快到了，你想要什么礼物?
没什么特别的。只想让其他人别老提醒我时间就这么过去了，让我想起过去的十二个月里我的收获少得可怜。还想让这个生日没有之前的六千个生日那么可悲，虽然那一天我肯定会在
黑暗中度过，一边哭泣一边靠酒精逃避自我。
哦……
那么，送你代金券怎么样?!
唉，好呀，代金券挺好。

## 速溶咖啡

## 延时咖啡

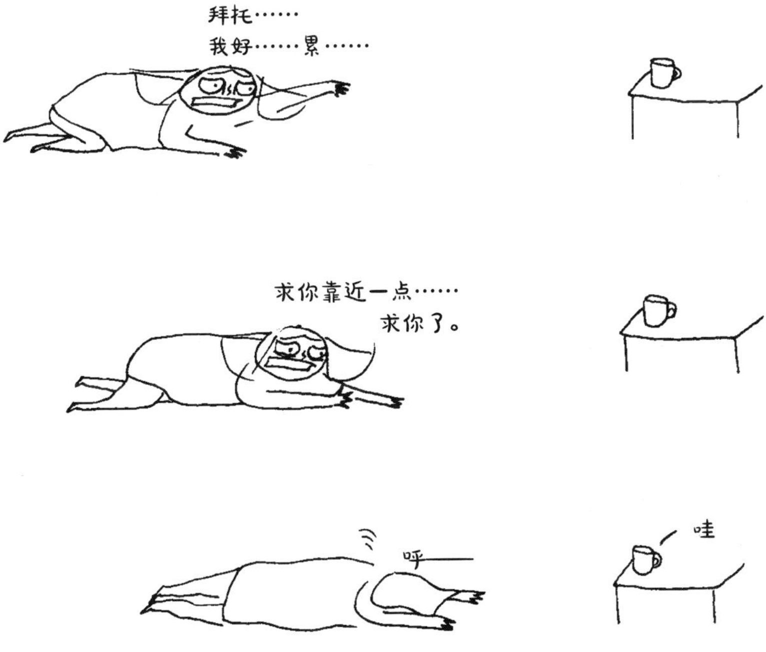

## “你想喝点什么？”

低调
“不用了，
我挺好。”

伤心
伤心得恰如其分，
但至少表现得成熟老练。

该死的节假日，总是喂
给我更多有害的东西，
伤心。

哈哈，我很伤心，但不会花一
分钱来买这种东西，我才不要
收集一百二十来个这种破玩意
儿呢。哇噢，看我用这个新奇
小巧的雨伞来接我的眼泪！

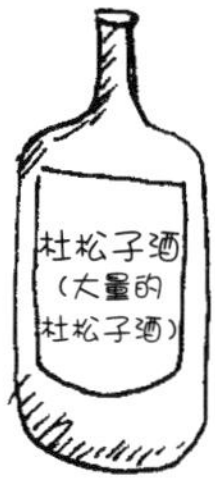


我非常伤心，伤心到希望此
刻整张脸都麻木掉。谢谢。

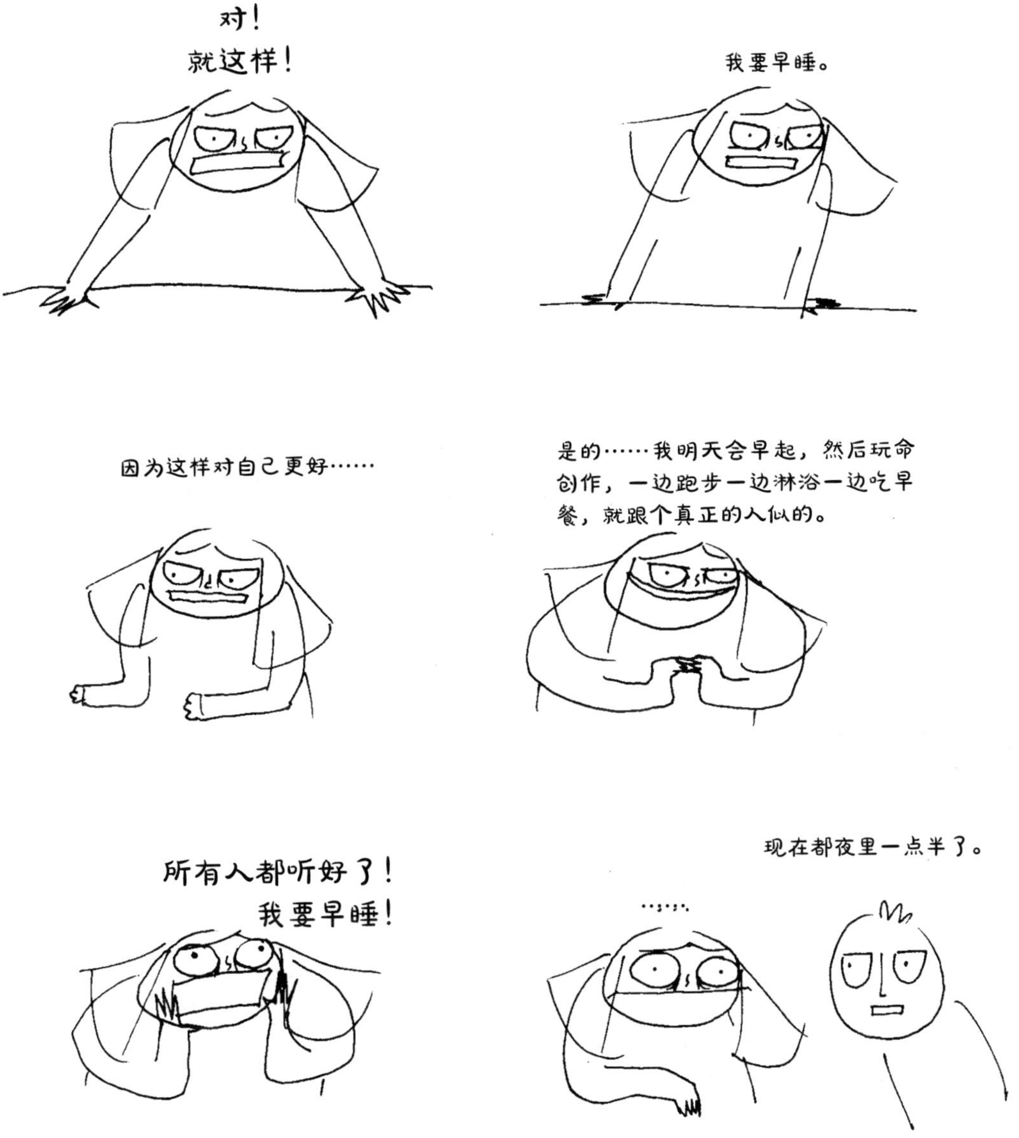
对！
就这样！
我要早睡。
因为这样对自己更好……
是的……我明天会早起，然后玩命创作，一边跑步一边淋浴一边吃早餐，就跟个真正的人似的。
所有人都听好了！
我要早睡！
现在都夜里一点半了。

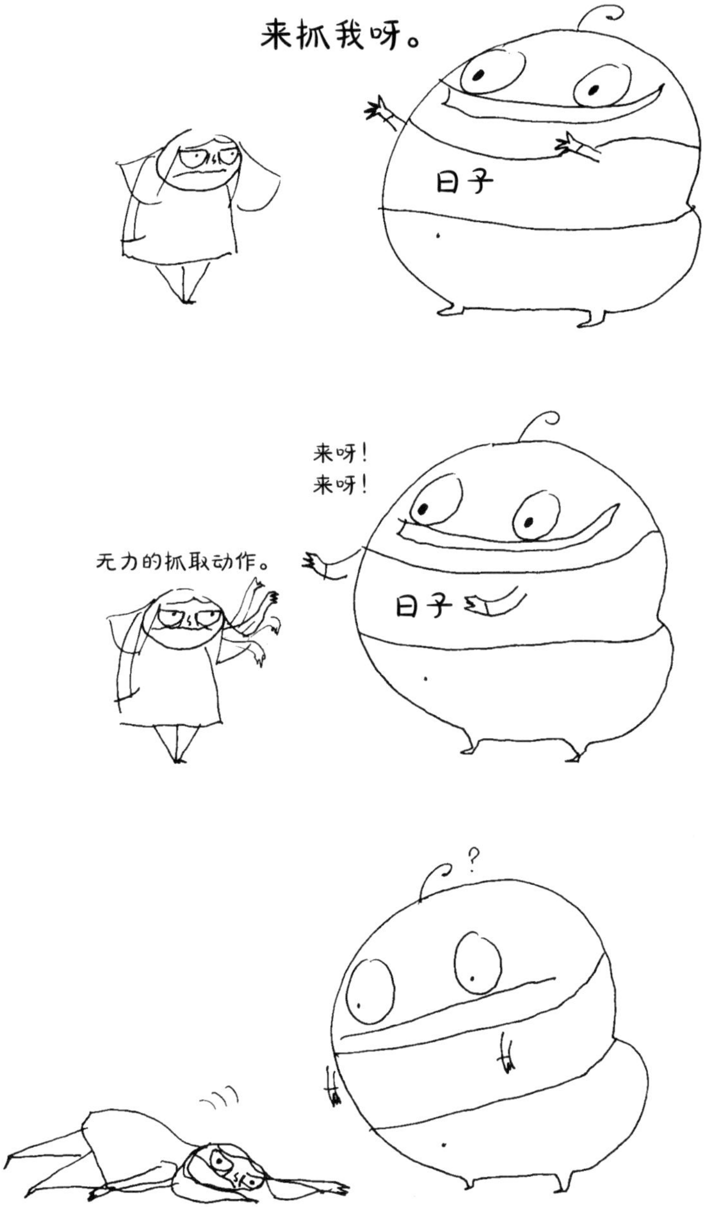
来抓我呀。
日子
来呀！
来呀！
无力的抓取动作。
日子
?

当我的目光被名为“害羞”的胶水粘在地面上时，
我看到过这些东西。

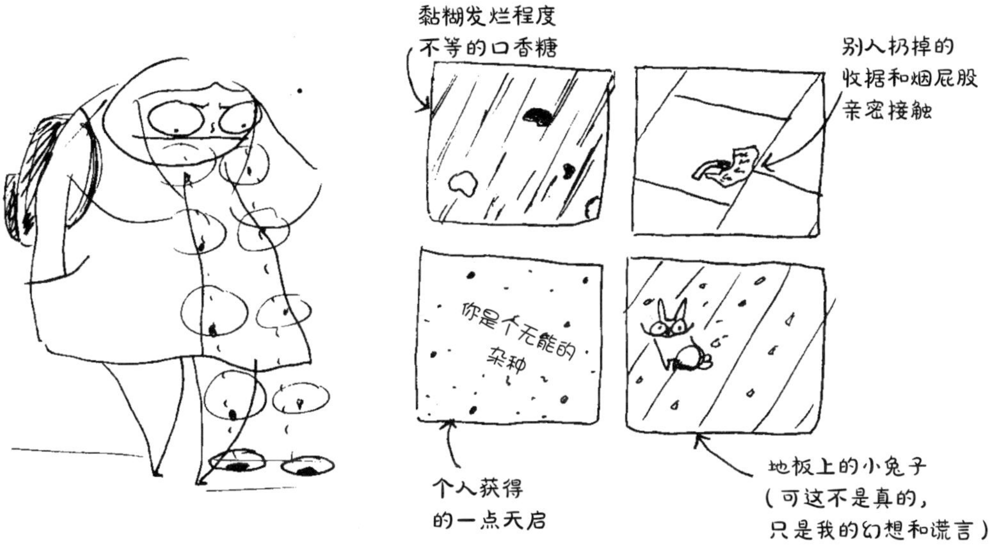

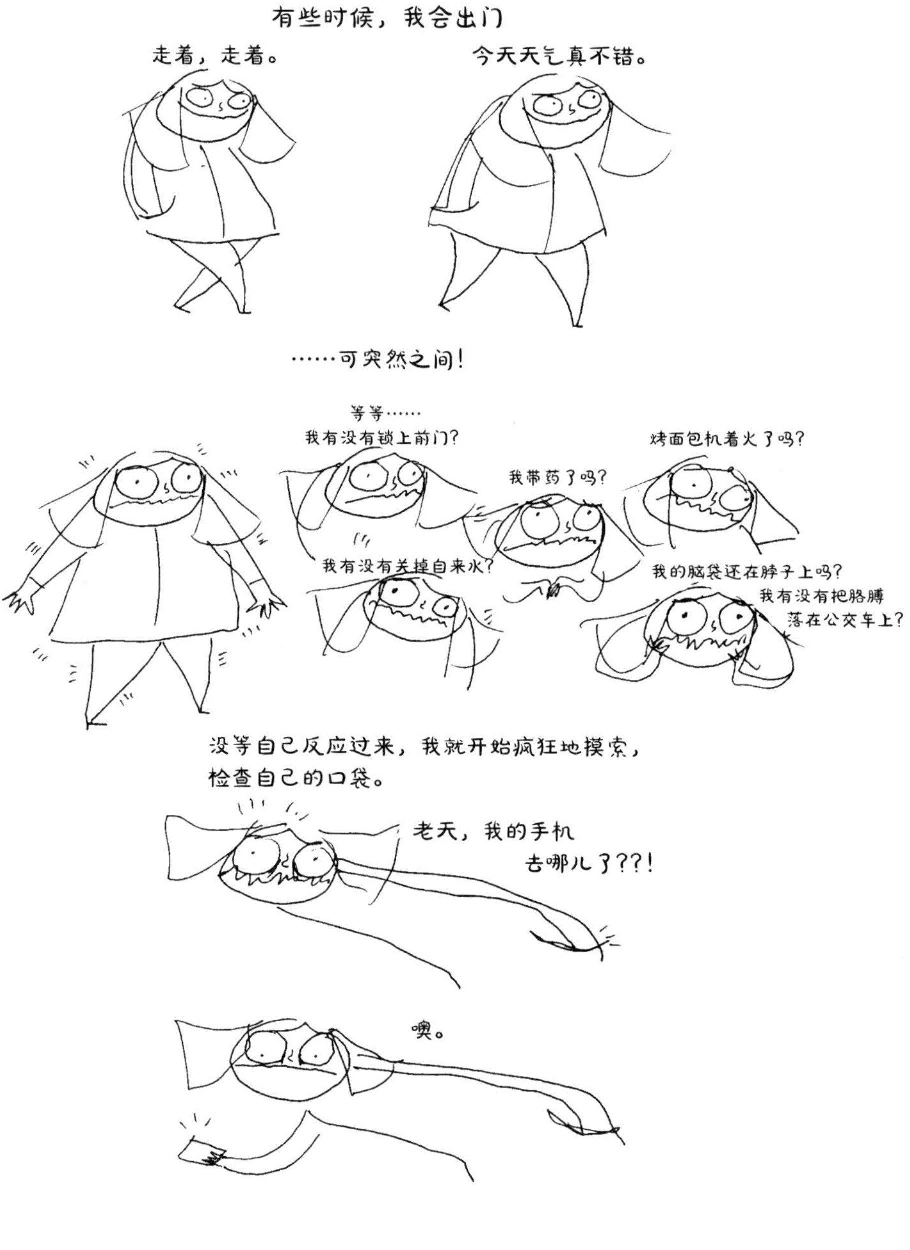
有些时候，我会出门
走着，走着。
今天天气真不错。
……可突然之间！
等等……
我有没有锁上前门？
烤面包机着火了吗？
我带药了吗？
我有没有关掉自来水？
我的脑袋还在脖子上吗？
我有没有把胳膊
落在公交车上？
没等自己反应过来，我就开始疯狂地摸索，
检查自己的口袋。
老天，我的手机
去哪儿了？？！
噢。

我是一堆行走的恐慌

# 规则

请勿践踏草地。
请勿因为草比你好，就对着草尖叫。
刚坠入爱河的情侣，请去别处秀恩爱，不要破坏孤独之人的生活。
请向大自然致敬，方法是在落叶里打滚，同时以固定的间隔大喊“居无定所”。
没有人想听你说天边那朵云长得多像修枝剪。
请把晒得到太阳的地方让给狗，它们才配得到阳光。

在南极，企鹅们常常紧紧簇拥成一团，目的是取暖、挡风。

在伦敦，人们常常紧紧簇拥在漏雨的公交车站遮雨篷底下，就像企鹅那样，不同之处在于我们很愤怒，还彼此憎恶。

我最近在学驾驶汽车。
是吗？学得怎么样？
噢，挺好的，你知道……
要把一大块电池靠边停好不容易啊。
哦……你这个白痴。

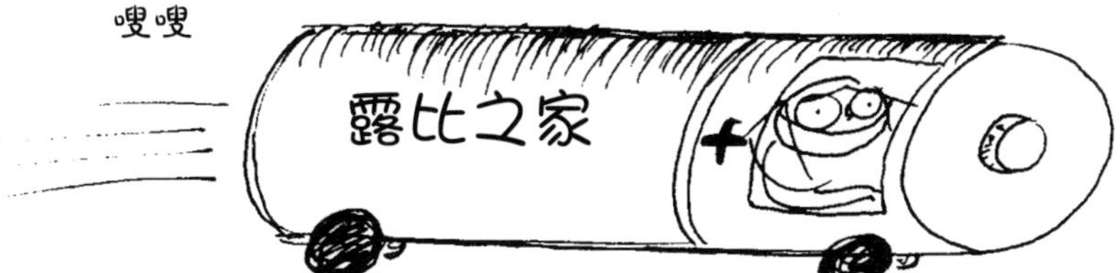
嗖嗖
露比之家

# 当你的生活出现重大改变时，如何让自己感到掌控着局面。

你会有许多重要而复杂的事务需要理清。很重要的一点是，你得立刻着手处理。

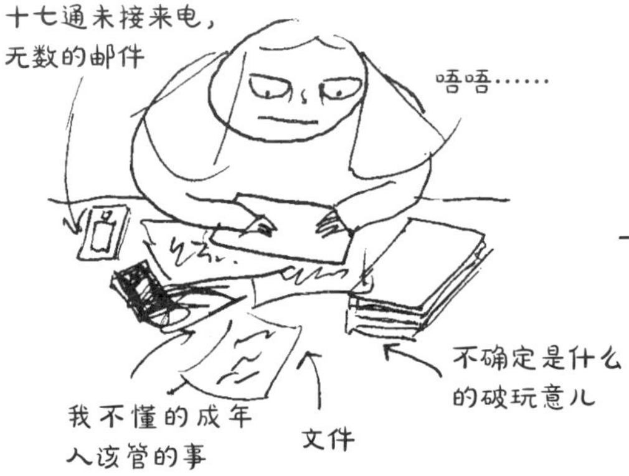


于是，我干脆……

无视我的责任，把注意力放在整理架子上的小东西或者类似的毫无价值、毫无意义的琐事上，在上面花掉半个小时。这样一来，你什么也没做成，可你在微观层面掌控了自己的生活！

然后喝掉大量的咖啡，喝到你的眼睛都麻木掉！一切都会好起来！

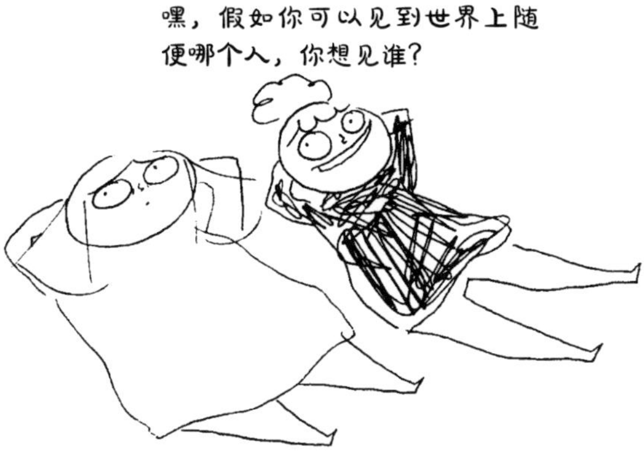

①英文中“遇见某人”和“达到期望”用的动词都是 meet。

②美国著名女歌手。

放松
好
太放松了

我们

一切

都很好

和人见面是件愉快的事，但我总是迫不及待地等他们走开，这样才能重新做自己，独自躲在黑暗中大嚼饼干。

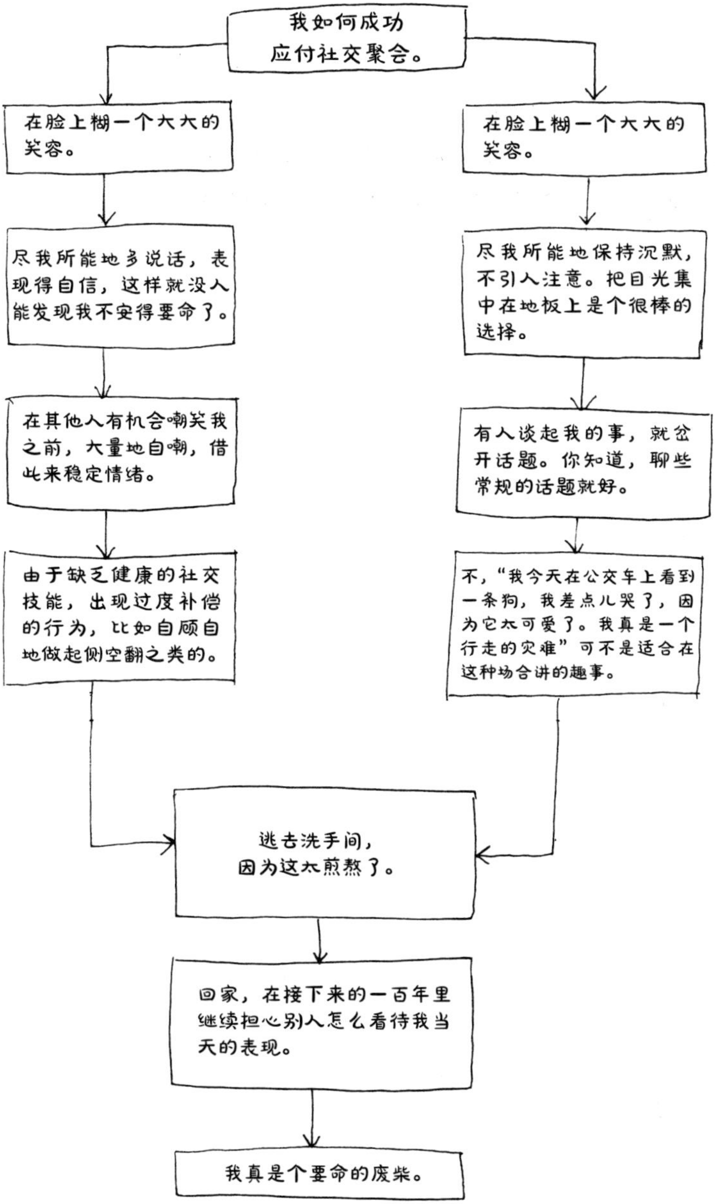

我如何成功应付社交聚会。
在脸上糊一个大大的笑容。
尽我所能地多说话，表现得自信，这样就没人能发现我不安得要命了。
在其他人有机会嘲笑我之前，大量地自嘲，借此来稳定情绪。
由于缺乏健康的社交技能，出现过度补偿的行为，比如自顾自地做起侧空翻之类的。
在脸上糊一个大大的笑容。
尽我所能地保持沉默，不引人注意。把目光集中在地板上是个很棒的选择。
有人谈起我的事，就岔开话题。你知道，聊些常规的话题就好。
不，“我今天在公交车上看到一条狗，我差点儿哭了，因为它太可爱了。我真是一个行走的灾难”可不是适合在这种场合讲的趣事。
逃去洗手间，因为这太煎熬了。
回家，在接下来的一百年里继续担心别人怎么看待我当天的表现。
我真是个要命的废柴。

当有人不肯安安静静地听你倾诉，而是自称他们完全理解你的处境的时候，你的感受就像这样。

别担心，
咱们在一条船上！
皇家舰艇无知号

# 约会

我吃着不爱吃的食物，
面对着一个不感兴趣的男人，
穿着一套太紧的衣服，
我喜欢我的鞋子，
可我在家里自个儿待着，
也能穿这双鞋，
还能一边看电视，

一边吃薯片。

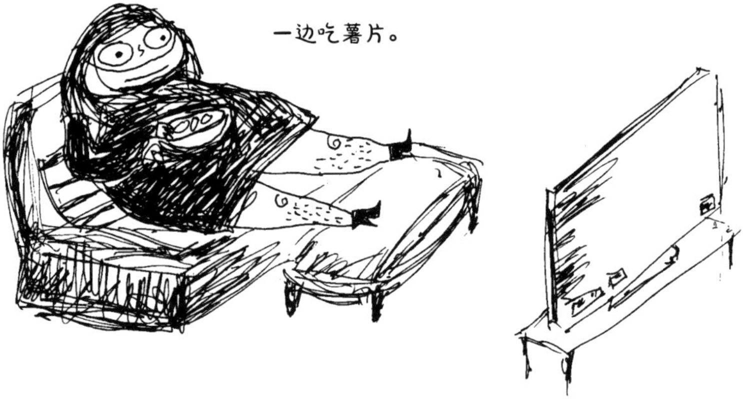

儿子，你在看什么？
看我女朋友。
那儿只有空气啊。
我知道。

一不小心谈起了我自己。
友善地倾听着，不时恰如其分地做出回应。

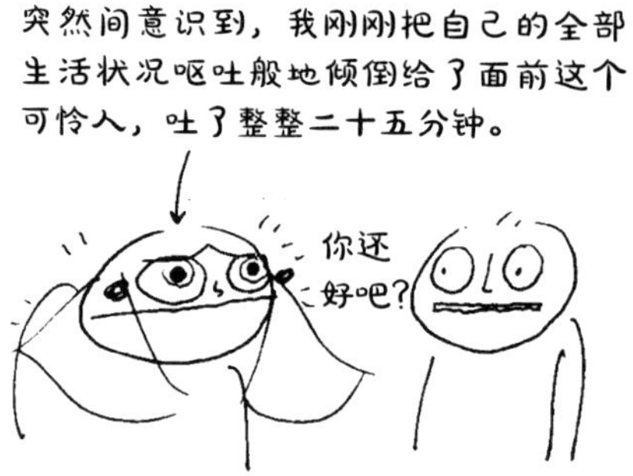
突然间意识到，我刚刚把自己的全部生活状况呕吐般地倾倒给了面前这个可怜人，吐了整整二十五分钟。
你还好吧？

我的个人秀，我的个人秀，搞得像是我的个人秀了，呃啊啊啊。
太对不住了，你过得怎么样？你的猫怎么样，你本人呢？说说呀，好心的先生？
?

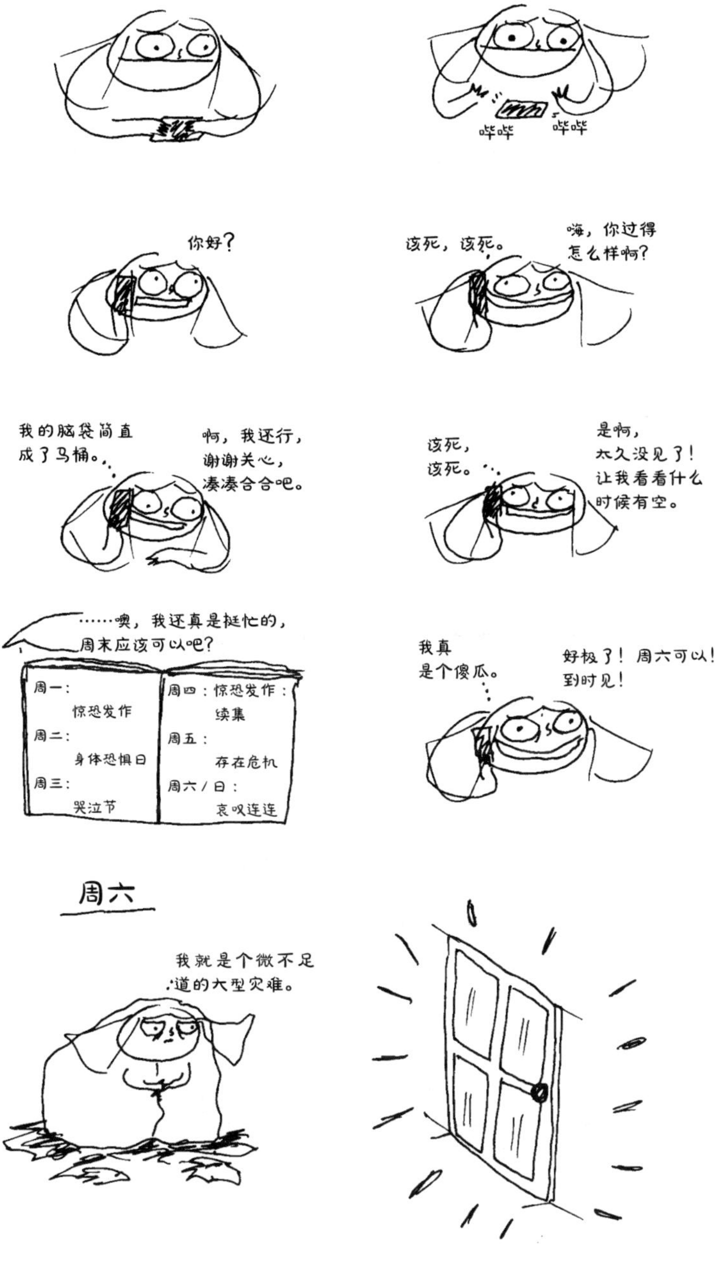
哔哔
哔哔
你好？
该死，该死。
嗨，你过得怎么样啊？
我的脑袋简直成了马桶。
啊，我还行，谢谢关心，凑凑合合吧。
该死，该死。
是啊，太久没见了！让我看看什么时候有空。
……噢，我还真是挺忙的，周末应该可以吧？
周一：惊恐发作
周二：身体恐惧日
周三：哭泣节
周四：惊恐发作：续集
周五：存在危机
周六/日：哀叹连连
我真是个傻瓜。
好极了！周六可以！到时见！
周六
我就是个微不足道的大型灾难。

# 如何结交朋友

找到拥有共同兴趣爱好的人。

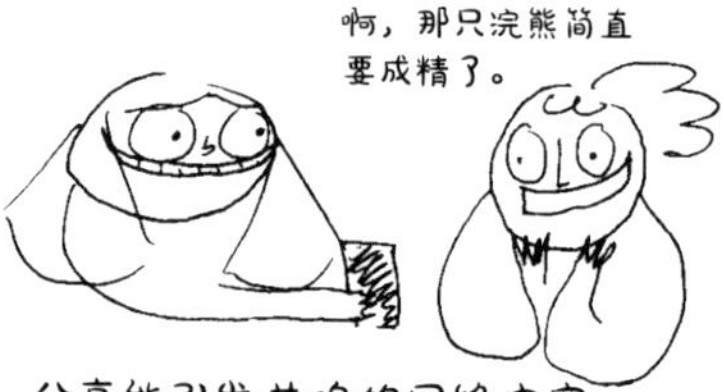


分享能引发共鸣的网络内容。

用薯片博取他们的好感。

## 如果上述几点你都做不到

那就当一个免费的WIFI热点。

# 如何接受他人的赞美

① 满脸通红地接下来。

② 小心翼翼地抓紧它。对坚信自己是个彻头彻尾的渣滓的你而言，这是一个陌生而矛盾的概念。

③ 抵制住大喊“不不不！你简直大错特错”的诱惑。

④ 也祝你阖家团圆。

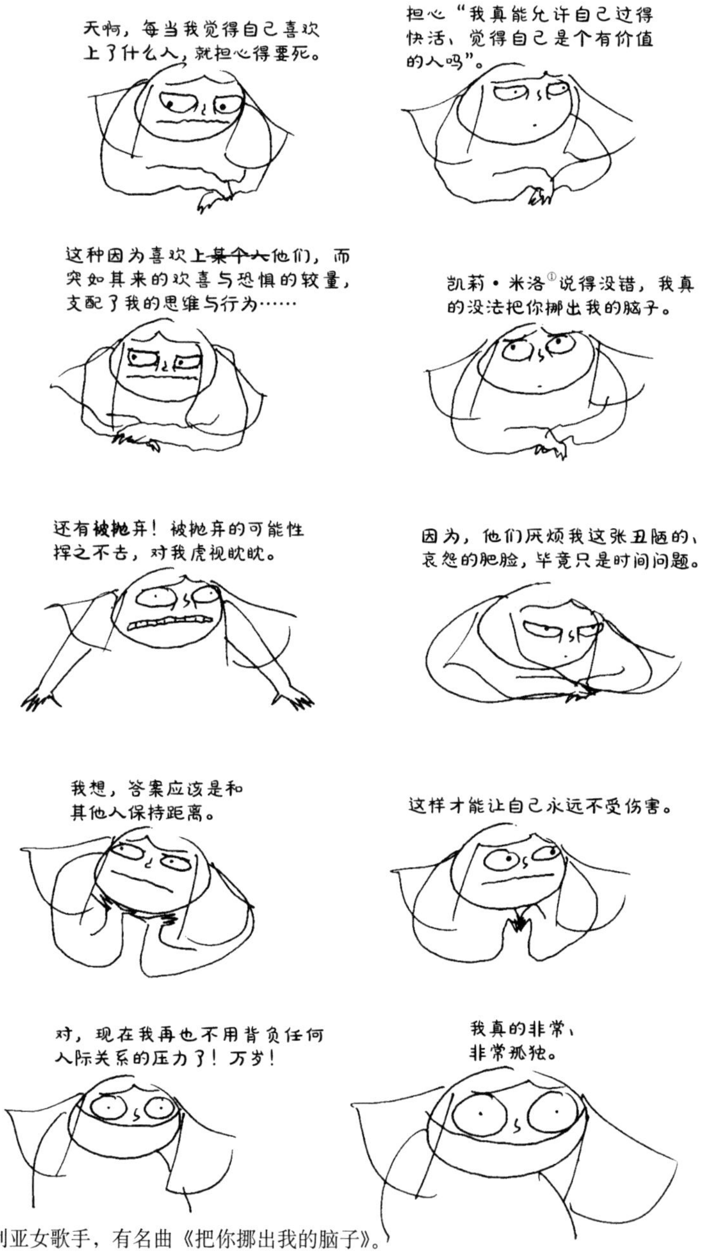


①澳大利亚女歌手，有名曲《把你挪出我的脑子》。

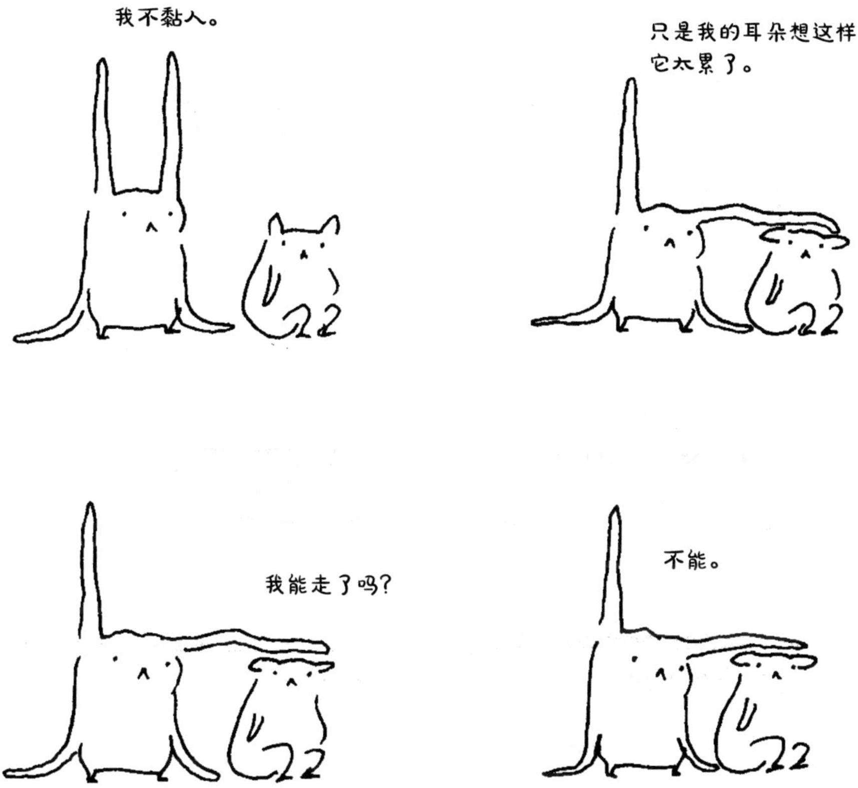
我不黏人。
只是我的耳朵想这样，
它太累了。
我能走了吗？
不能。

嘿！情人节你打算扮什么？
哈哈，你说什么？情人节又不玩变装。
唉，你又做了什么？
什么都没做。
我觉得你看起来很可爱。

~~无~~有条件的爱须知

我~~永远~~有时候等着你。

我会为你做~~任何~~很多事。

我会~~永远~~陪伴在你身边，

直到我对责任的恐惧占了上风。

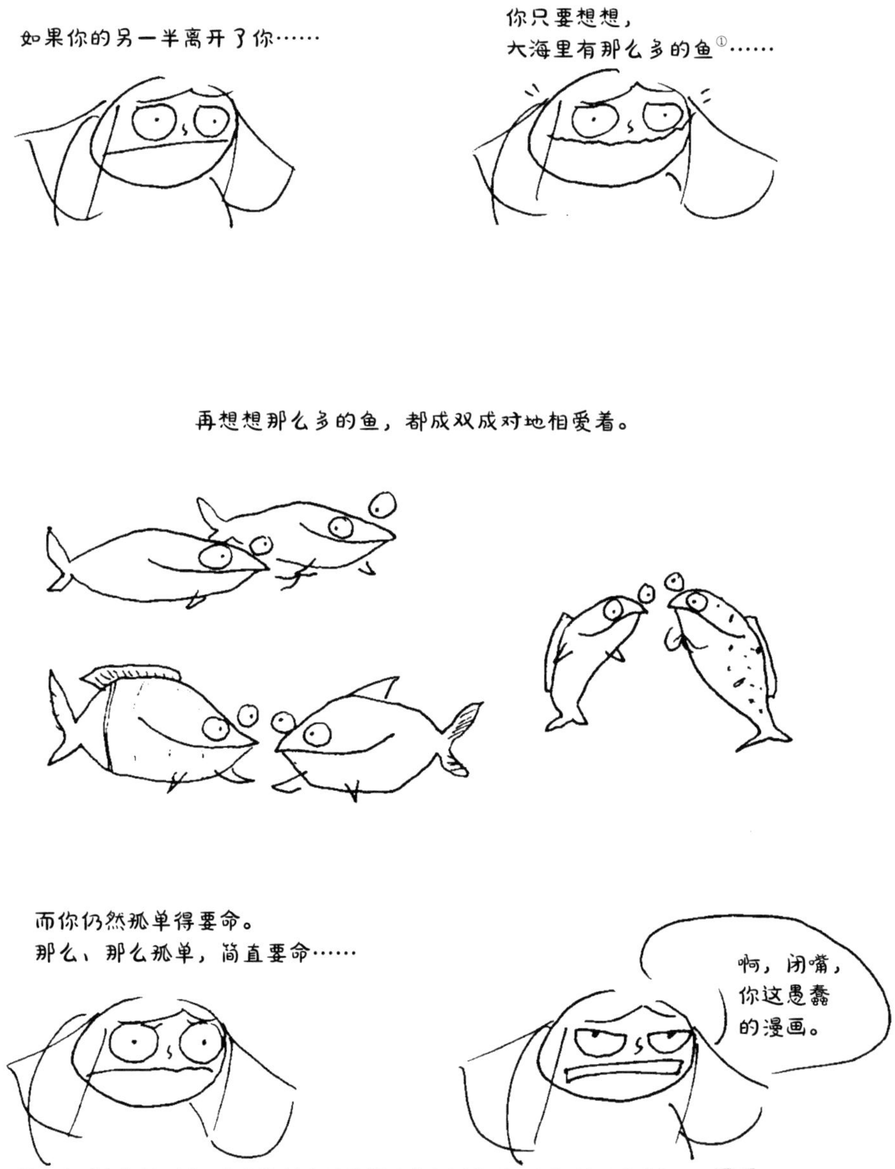


①英文中“大海里不止一条鱼”的意思类似于中文里的“天涯何处无芳草”。

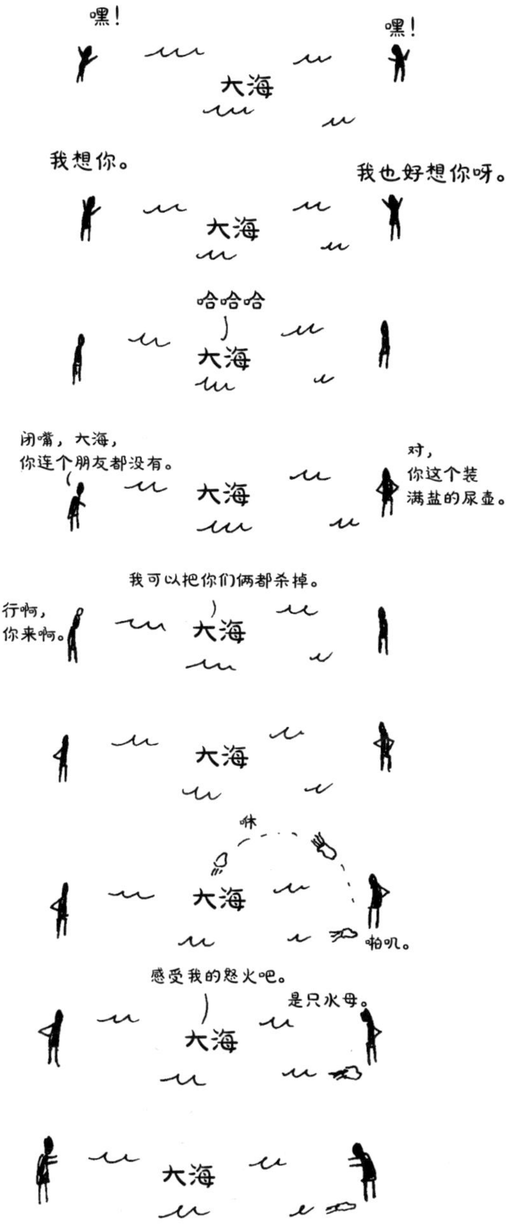
嘿！
嘿！
大海
我想你。
我也好想你呀。
大海
哈哈哈
大海
闭嘴，大海，
你连个朋友都没有。
对，
你这个装
满盐的尿壶。
大海
我可以把你们俩都杀掉。
行啊，
你来啊。
大海
大海
咻
大海
啪叽。
感受我的怒火吧。
是只水母。
大海
大海

我们是朋友。

我们分享一切。

薯片。

对没品位的
帽子的喜爱。

对于现实以及现实中
一切事物感到的极度恐惧。

话说你过得怎么样？
嗯……还行。
貌似……
嘿，现在啊，
貌似就够好啦。
我为了貌似而活。

当生活给了你一个柠檬。

柠檬食谱
?

## 给松开的绳打个结[1]

①英文中，这个表达有“做一些收尾工作”之意，表示结束。

# 后记

所以，是的，生活有时很愚蠢。就像有人给了你一杯好喝的酸奶，然后告诉你这杯好喝的酸奶只能用叉子吃。于是你照做了，手上小心翼翼，花了很长很长的时间，看起来像个白痴，最后导致你一看到奶制品就会产生不好的联想。好极了。

我扯远了……读到这里，这本书你就算看完了。现在你很快就要离开，去做别的事情。也许今天是个不错的日子，你感到得心应手、胸有成竹，生存似乎是件比较容易的事。也许今天是个糟糕的日子，甚至像世界末日一样糟糕，咸咸的泪水浸透枕头的悲伤时光又来了。也许你不能确切地指出原因，但你知道问题很多；又或许你压根儿都搞不清今天是好是坏，只是无悲无喜地晃荡着。但我们都活着，以这样或那样的方式。我们遭遇了生活，我们都一路颠簸，不同程度地像一颗又哭又笑、感情丰富的怪土豆。我其实不怎么擅长写结语（再看看我前面写的那段关于酸奶的话吧），但我会在这里留下最后一幅画，因为你可能会需要它。

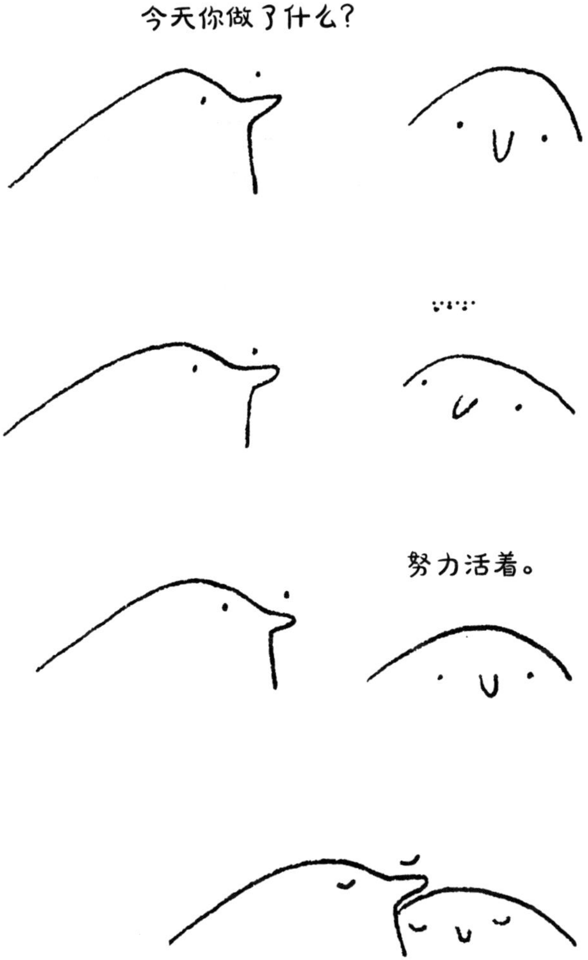
今天你做了什么？
……
努力活着。

# 致 谢

我想感谢猎户星出版集团和秋千出版公司，他们疯狂到答应帮我把这本书做出来，并且(十分巧妙地)凭借热情与专注将它推向了世界。我尤其感谢艾玛·史密斯负责了这本书的编辑工作，以及告诉我，我脸上沾了绿色的颜料。还要献上一个无比巨大的“谢谢”给尼古拉·巴尔，他一直以来都是最棒的人、最棒的代理。还要感谢安迪，因为他给我打了那通电话。另外要感谢克里斯托弗·谢

林和帕蒂·赖斯，他们在美国为这本书付出了辛勤的劳动。

对于多年以来在网上看过、听过或者回应过我的创作，并且给予我最大善意、最久支持的每一个人，我都感激不尽，无法用语言表达谢意。如果你就是其中之一，记住你是最棒的，这张小画送给你：

还有许许多多（多到不胜枚举）英国国家医疗服务体系的医护人员与医院给过我帮助，支持我度过了极其艰难的岁月，在我徘徊在悬崖边缘时始终陪伴着我，直到我肯回头。这是一段漫长的路程，但我终究会抵达终点，谢谢你们。

还有几个特别棒的人，在过去一年的大部分日子里，一直在听我说有关这本书的抱怨和担忧，在我最需要鼓励的时候不断地激励我。我觉得，在这里说一句“你知道我说的是你”会显得又酷又神秘，所以就这么说了。下次我们见面的时候，我会大叫一声，指着这段话给你看。

我想感谢我的狗，萨迪，感谢你容忍我。

最后，我要感谢我的家人，你们是这世上我见过的最有趣的人，多年以来始终理解我。多亏了你们，我才能写出这本书。所以，非常感谢。

图书在版编目（CIP）数据

今日大吉，诸事不宜 /（英）露比·艾略特著；敬雁飞译．-- 海口：南海出版公司，2019.4
ISBN 978-7-5442-9537-6

Ⅰ．①今… Ⅱ．①露… ②敬… Ⅲ．①随笔－英国－现代 Ⅳ．①I561.65

中国版本图书馆 CIP 数据核字（2019）第 027423 号

著作权合同登记号 图字：30-2018-082



**今日大吉，诸事不宜**
〔英〕露比·艾略特 著
敬雁飞 译

出　　版　南海出版公司　(0898)66568511
　　　　　海口市海秀中路51号星华大厦五楼　邮编 570206
发　　行　新经典发行有限公司
　　　　　电话(010)68423599　邮箱 editor@readinglife.com
经　　销　新华书店

责任编辑　翟明明
特邀编辑　李茗抒　潘佳佳
装帧设计　李照祥
内文制作　王春雪

印　　刷　肥城新华印刷有限公司
开　　本　690毫米×860毫米　1/16
印　　张　16
字　　数　30千
版　　次　2019年4月第1版
印　　次　2019年4月第1次印刷
书　　号　ISBN 978-7-5442-9537-6
定　　价　68.00元